Tucholsky Wagner Zola Scott Fonatne Sydow Freud Schlegel
Turgenev Wallace
Twain Walther von der Vogelweide Fouqué Friedrich II. von Preußen
Weber Freiligrath Frey
Fechner Fichte Weiße Rose von Fallersleben Kant Ernst Frommel
Richthofen
Hölderlin
Engels Fielding Eichendorff Tacitus Dumas
Fehrs Faber Flaubert
Eliasberg Ebner Eschenbach
Maximilian I. von Habsburg Fock Zweig
Feuerbach Eliot Vergil
Ewald
Goethe London
Elisabeth von Österreich
Mendelssohn Balzac Shakespeare Dostojewski Ganghofer
Lichtenberg Rathenau Doyle Gjellerup
Trackl Stevenson Hambruch
Mommsen Tolstoi Lenz Droste-Hülshoff
Thoma Hanrieder
Dach Verne von Arnim Hägele Hauff Humboldt
Reuter Rousseau Hagen Hauptmann Gautier
Karrillon Garschin
Defoe Hebbel Baudelaire
Damaschke Descartes Hegel Kussmaul Herder
Wolfram von Eschenbach Dickens Schopenhauer Rilke George
Darwin Grimm Jerome
Bronner Melville Bebel Proust
Campe Horváth Aristoteles Voltaire Federer Herodot
Bismarck Vigny Barlach Heine
Gengenbach
Storm Casanova Tersteegen Grillparzer Georgy
Chamberlain Lessing Langbein Gilm Gryphius
Brentano Lafontaine
Strachwitz Claudius Schiller Kralik Iffland Sokrates
Katharina II. von Rußland Bellamy Schilling
Gerstäcker Raabe Gibbon Tschechow
Löns Hesse Hoffmann Gogol Wilde Gleim Vulpius
Luther Heym Hofmannsthal Morgenstern
Roth Klee Hölty Goedicke
Luxemburg Heyse Klopstock Kleist
Machiavelli La Roche Puschkin Homer Mörike Musil
Navarra Aurel Musset Horaz
Nestroy Marie de France Lamprecht Kind Kierkegaard Kraft Kraus
Kirchhoff Hugo Moltke
Laotse Ipsen Liebknecht
Nietzsche Nansen
Marx Ringelnatz
von Ossietzky Lassalle Gorki Klett Leibniz
May vom Stein Lawrence Irving
Petalozzi Knigge
Platon Pückler Michelangelo Kafka
Sachs Poe Kock
Liebermann Korolenko
de Sade Praetorius Mistral Zetkin

Der Verlag tredition aus Hamburg veröffentlicht in der Reihe **TREDITION CLASSICS** Werke aus mehr als zwei Jahrtausenden. Diese waren zu einem Großteil vergriffen oder nur noch antiquarisch erhältlich.

Symbolfigur für **TREDITION CLASSICS** ist Johannes Gutenberg (1400 — 1468), der Erfinder des Buchdrucks mit Metalllettern und der Druckerpresse.

Mit der Buchreihe **TREDITION CLASSICS** verfolgt tredition das Ziel, tausende Klassiker der Weltliteratur verschiedener Sprachen wieder als gedruckte Bücher aufzulegen – und das weltweit!

Die Buchreihe dient zur Bewahrung der Literatur und Förderung der Kultur. Sie trägt so dazu bei, dass viele tausend Werke nicht in Vergessenheit geraten.

Davoser Stundenbuch

Hugo Marti

Impressum

Autor: Hugo Marti
Umschlagkonzept: toepferschumann, Berlin

Verlag: tredition GmbH, Hamburg
ISBN: 978-3-8424-0929-3
Printed in Germany

Ziel der TREDITION CLASSICS ist es, tausende deutsch- und
fremdsprachige Klassiker wieder in Buchform verfügbar zu
machen. Die Werke wurden eingescannt und digitalisiert. Dadurch
können etwaige Fehler nicht komplett ausgeschlossen werden.
Unsere Kooperationspartner und wir von tredition versuchen, die
Werke bestmöglich zu bearbeiten. Sollten Sie trotzdem einen Fehler
finden, bitten wir diesen zu entschuldigen. Die Rechtschreibung der
Originalausgabe wurde unverändert übernommen. Daher können
sich hinsichtlich der Schreibweise Widersprüche zu der heutigen
Rechtschreibung ergeben.

2–4 LIEGEN

Jane, ach Jane, erinnern Sie sich noch?

Woran? würde Ihre vorsichtige Zunge fragen, die ganz leicht und fast anmutig an die breiten Zähne stößt. Woran soll ich mich erinnern?

Ja, woran? Ich weiß es selber so genau nicht mehr. Aber wenn ich die grauen Felswände sehe, von denen die Sonne über Mittag die letzte Feuchtigkeit abgetrocknet hat, wenn ich lange auf die silberglänzende Mauer mitten im mattgrünen Grashang starre, dann ist plötzlich Ihr Bild da, oh nicht Großformat und mit Filmblick, sondern bescheiden eingeordnet in den Rahmen einer Landschaft: grünschaumiger See zwischen grauen Felsbergen, ein Uferwinkel grasig eingekeilt zwischen die ragenden Steinwände, am weißen Bach eine breite Blockhütte. Der helle Abend sickert aus einem wolkenlosen Himmel, der hoch über den gewölbten Gräten der Berge steht. Es wird nicht Nacht, es wird nur stiller, die Bäche rauschen nicht mehr so stark wie am Tage, ihr Spiel ist müde geworden. Die kleine Wiese zwischen Blockhütte und Strand ist auch noch so hell, als wäre es möglich, daß sie den fernen Glanz des Himmels widerspiegelte.

Und hier, in diesem Zwielicht ohne Strahl und Schatten, steht fahl dein Gesicht, Jane, ach Jane – Jahre sind vergangen, aber sie haben das fahle Gesicht nicht ausgelöscht. Ich sage: Gesicht, und wenn ich sagen will, wie es aussieht, so sehe ich braune Hände vor knochigen Gelenken, mit langen Mädchenfingern, an denen die Haut ein wenig rissig über die Knöchel gespannt ist, kühle Hände, die sich beim Gruß mit zutraulicher Heftigkeit um meine Finger pressen, und ich sehe lange Beine mit einem derben Wollstoff um die Knie und über den schmalen Hüften, und einen schlanken Hals. Das Gesicht: es ist nicht, sondern es tut etwas – singt mit unbekümmerter Frische ein schwedisches Studentenlied, lacht mit halboffenen Lippen, während wir später auf der hellen Wiese Hambo tanzen. Die Augen sind grün. Sie waren grün in der fahlen Sommernacht. Aber da war so vieles anders als am Tage. Ich weiß nicht, wie Ihre Augen sind, Frau Jane.

Nun, erinnern Sie sich jetzt an die Nacht am Gjendesee in den norwegischen Bergen? Sie waren mit Ihren Freunden herüber gekommen über die waldigen Berge aus Ihrer Heimat, ich war heraufgekommen aus der fremden Stadt am Fjord, wir hatten uns getroffen, wie man sich auf einer Sommerwanderung trifft. Als Sie nach dem Abendbrot in der Blockhütte, wo man sich mit steifer Höflichkeit, leisem Nicken und gemurmeltem Dank den blanken Milchkrug und den braunen Ziegenkäse gereicht hatte, mit Ihren Kameraden in die helle Nacht hinausgingen und in ernsthafter Selbstverständlichkeit Ihren schlanken Körper turnerisch zu winden und zu drehen begannen, den Kopf im Schwung zwischen die Knie gebeugt und dann zurückgeworfen, so daß Ihre Fingerspitzen den Boden berührten und Ihr Leib hoch sich wölbte wie ein Bogen, den man mutwillig überspannt – da wurde ich verlegen und wußte nicht recht, ob man Sie für solche Leistung loben durfte oder ob es richtiger sei, daran vorbeizusehen wie an einer Zahnputzerei, die durch den Zufall einer augenblicklichen Intimität öffentlich geworden ist. Und Sie taten nichts, um mich aus meiner Verlegenheit zu erlösen. Sie traten nach der letzten gewaltigen Rumpfbeuge auf mich zu, unbefangen, als ob nichts geschehen wäre, und fragten mich mit Ihrer bedächtigen Stimme: Gehen Sie morgen weiter über die Berge?

In dieser Sekunde hörte ich, daß Ihre Zunge leicht, ganz leicht von hinten an die breiten Zähne stieß. Es machte mir eine unbändige Freude, diesen unschuldigen Fehler an Ihnen zu entdecken. Ihr Leib, eben noch jeder irdischen Neugier entrückt wie das Gerät einer wahrhaft göttlichen Präzision, war mit einem Schlag menschlich geworden, fehlerhaft und liebenswert.

Ich antwortete auf Ihre Frage, wies mit dem Arm nach einem der dunkeln Berge hin, die wie schwarze Tiere groß und bucklig in der hellen Nacht um den See herumlagen, und sprach vom morgigen Ziel meiner Wanderung. Sie hörten mir zu, ohne mich zu unterbrechen, aber Ihr Blick ging nicht mehr aus der Bahn meiner Augen, bis ich wieder verwirrt innehielt und verstummte. Da sagten Sie, unvermittelt und ernsthaft, ohne jede Spur von Lockung oder Spielerei: Kommen Sie tanzen! Und wir traten in den Kreis der andern und tanzten mit.

Erinnern Sie sich noch daran? Aber wie sollten Sie es auch. Was mir von Ihnen im Gedächtnis haften blieb, war Ihr Wesen und Ihre Art, ganz einfach Ihr Sein in dieser hellen Sommernacht. Beides seltsam genug für mich, und für Sie zum mindesten ebenso selbstverständlich. Und so mag auch unsre Begegnung gewesen sein. Heute wohnen Sie in irgendeinem modernen Miethaus am Mälar oder gar in einer luftigen Gartenwohnung auf den Schären, zwischen hochgestengelten Blumen blau und gelb und mit drei braunhäutigen Kindern, und wenn Sie diesen von Ihrer Sommerwanderung durch die norwegischen Berge erzählen, so tun Sie es unbefangen, wie dies Ihre Art ist, und die helle Nacht am Gjendesee brauchen Sie ihnen keineswegs zu unterschlagen, weil Sie sich gar nicht mehr daran erinnern. Sie haben andere Sorgen – und andere Freuden.

Ich aber liege auf dem Balkon hier oben an der Sonne und schaue hinüber zu der grauen Felswand im mattgrünen Weidhang, und wenn ein Nebelfetzen langsam über die silbrige Fläche streicht, so ist das wie ein flockiger Schwamm, der ein Zeichen auf der Schiefertafel wegwischen, auslöschen will. Was ist auf der Tafel geschrieben? Gott mag es wissen, ich ahne es nicht. Von Liebe steht jedenfalls nichts darauf. Darum denke ich immer wieder und ohne Erschütterung an die helle Sommernacht zurück. Jane, ach Jane – dein Name flimmert auf der silbergrauen Steinwand in schmalen Lettern, und keine Nebelwolke löscht ihn aus und keine Sonne trocknet ihn weg. Denn die Erinnerung ist stark in dieser trocken reinen Luft, stärker als alle Natur, stärker sogar als unsre Krankheit, der wir doch alle pflichtschuldigst gehorchen müssen.

Wer sich in seinem Pelzsack ausstreckt oder mit hundertmal geübtem Handgriff die Decke um seinen Leib wirft und sich für ein paar Stunden der Sonnenwärme oder dem Eishauch eines horizontalen Eremitendaseins überläßt, der hat seine Unterhaltungswerkzeuge in Reichweite beim Liegestuhl: den Kopfhörer, ein Buch, Schreibpapier und Füllfeder, die letzten unbeantworteten Briefe, Nagelfeile und Handspiegel, irgendeine Schleckerei und die Schutzbrille. Was sich ohne unser Dazutun einstellt, das sind die Erinnerungen. Es ist, als wären sie am Liegestuhlbein angebunden wie ein Rudel Hunde, die zu kläffen und zu winseln beginnen, sobald sich der Herr zur Ruhe gelegt hat. Sie gehören zum Inventar des Balkons wie der Rohrstuhl und die harte Matratze, nur bezahlt man für sie keine Leihgebühr. Weil sie gratis sind, kann man sie nicht vom Hausknecht wegtragen und bis auf weiteres anderswo verstauen lassen. Sie sind ein Teil der Krankheit und sie sind ein Teil der Kur. Nur ahnungslose Tiefländer können die Bedeutung der Erinnerungen im Heilverfahren der Liegekur unterschätzen. Gewitzte Aerzte kennen sie, maßen sich aber bis heute noch nicht an, ihren Einfluß zu reglieren. Sie stellen sie stillschweigend in Rechnung, als den unbekannten Faktor, von dem allerhand abhängt. Alles übrige vielleicht, die glückliche Heilung inbegriffen.

Nein, die schnuddlige Frau Tomaschek hat natürlich Unrecht, wenn sie sich auf ihre Langeweile versteift und behaupten will, der Tag zähle hier oben doppelt so viele Stunden als drunten in der Stadt. Es war eines der üblichen Nachtischgespräche gewesen, im Korridor den kalten Heizkörpern entlang und unter dem von ungeduldigen Fingerknöcheln andauernd angerempelten Barometer. Die drei jungen Burschen vom Ecktisch hatten Frau Tomaschek geneckt; richtig verulkt hatten sie die Schwerhörige und ihr die Langeweile gründlich versalzt; es war am Ende eine Streiterei wie immer. In den Augen der Frau lag die Hilflosigkeit derer, die sich sträuben, ihre Schuld und das Urteil anzuerkennen, das über sie gesprochen ist. Sie will nicht hier sein, sie wehrt sich dagegen, sie läßt die große, schmerzlich süße Ruhe noch nicht über sich hinfluten. Sie hat sich noch nicht ergeben. Darum findet sie es hier langweilig.

Schwerer als das Hiersein ist das Ankommen. Wenn sich der geräuschvolle Eisenbahnzug in die Schlucht unten im Tal bohrt, durch das enge Felsentor, nackter Stein in ewigem Schatten mit struppigen Tannenkrüppeln, alles Licht plötzlich fort, die Welt bleibt zurück, die einem vertraut war; als ob eine Tür hinter einem zugeschlagen würde, so fühlt es das ängstliche Herz – das ist schwer. Und oben der Empfang durch fremde Menschen, gleichmütig, sachlich, selbstverständlich; während einem empörten Gefühl kein wildester Ausbruch allgemeiner Verzweiflung an diesem Ort gemeinsamer Leiden überraschend käme, tappt es widerstandslos in eine beruhigte Luft konventioneller Gleichgültigkeit; Gepäckträger wie daheim, Kutscher, Autobus, Bank, Blumengeschäft, Zeitungskiosk. Man möchte schreien: Lebt man denn hier? Ich dachte, man stirbt! Und nur zögernd schreitet man in das neue Leben, das man als eine äffische Nachahmung des andern, des echten Lebens schamvoll empfindet. Man ist ungerecht. Man ist unerfahren. Verlassenes Kind in einer fremden Stadt. Darum ist die Ankunft schwer.

Es brauchen nicht einmal so fatale Stichworte zu fallen, wie sie der blonde Stuttgarter bei seinem Auftritt erlebte. Auf der langen Fahrt herauf: Zwei Frauen im Abteil, bald seufzt die eine, bald die andre. Wie sie zufällig einmal gemeinsam seufzen, ist die Bekanntschaft gemacht. Zwei Augenpaare starren sich neugierig an. »Schon drei Jahre ist jetzt meine Tochter oben«, sagt die eine und nickt trübselig. »Ach nein, so lange, nicht möglich«, bedauert die andre und schüttelt den Kopf »mein Sohn ist bereits nach sechs Monaten gestorben«. Und beide seufzen wieder. Der wackere Schwabe kam ganz verstört bei uns an. Als er in unserm Kreis etwas warm geworden war, erzählte er die Geschichte. Man lachte ihn aus wegen seiner blonden Sensibilität.

Die zarte Gussy Klinker hat einen andern Empfang gehabt. Ihre Mutter schrieb vorher einen Brief, so und so, und die Kleine graule sich mächtig und man möchte lieb zu ihr sein, besonders am Anfang. Der Brief kam aus, Geschwatz des Assistenten. Was tut die Bande, um Gussy Klinker schonungsvoll in die neuen Lebensverhältnisse einzuführen? Mietet die Blasmusik aus der »Alpenruh«, ziehen sich ihrer vier weiße Kittel an, fahren in drei Kutschen am Bahnhof vor und holen die ängstliche Gussy Klinker ab. Ein zartes Kind mit großen Augen, die bange blinzeln, wie die vier Medizinmänner auf sie zutreten, sie mit kräftigem Handdruck begrüßen und ihr das Gepäck entreißen. Kleiner Festzug über den Perron, schmetternder Tusch vom Blasmusikwagen herab, Gussy Klinker wird verpackt zwischen zwei Weißkittel und hinauf über die Promenade geht' s im Trab. Eine Opferprozession. Gussy möchte weinen, aber die beiden Medizinmänner greifen ihr ernsthaft den Puls an beiden Handgelenken, unter dem Wildlederhandschuh. Hundert Meter vor der Heilstätte steigen sie aus, einer sagt: »Wollen wir gute Freunde sein?« und der andre zahlt die Musik aus. Gussy Klinker muß nun doch ein bißchen lachen; gut, daß sie's konnte. Sie fand sich rasch zurecht bei uns.

Ach nein, nicht das Hiersein ist schwer, bloß das Ankommen. Man müßte der schwerhörigen Frau Tomaschek in die Ohren brüllen: So kommen Sie doch endlich einmal an! Sie sind ja noch gar nicht hier . . . Aber auch dies würde sie kaum verstehen. Und noch viel weniger, wenn man ihr beichten würde, daß man sich vor dem Weggehen fürchtet. Aber darüber spricht keiner . . .

Und doch gibt es hier wenige Dinge, über die man nicht miteinander spricht. Als ich die ersten drei Monate in der gemeinsamen Liegehalle mich akklimatisierte (wie sie es nennen) – ich wußte ja gar nicht, daß Männer so schamlos schwatzhaft sind. Ueber alles reden sie, über sich, über die andern, über den Arzt, die Schwestern, über ihre Familie im Unterland, über alles, aber am meisten über sich. Sie liegen da und reden und sind wie Flaschen, die jemand achtlos umgeschmissen hat, jetzt sabbert ihnen der Inhalt zum Hals heraus. Ob man ihnen zuhört, kümmert sie nicht einmal so heftig; bloß wenn man sie unterbricht, werden sie eklig und blicken den Störefried vorwurfsvoll an.

Wer es nicht aushält, sich von den andern die Ohren mit Familienskandalen oder mit der Fieberkurve vollschwatzen zu lassen, stülpt den Bügel über den Kopf und flüchtet sich in die Ungarische Rhapsodie oder in den Börsenbericht oder in einen keuchend abgelesenen freien Vortrag über spätgotischen Kirchenstil. Einmal hörten wir einen Ordinarius für Philosophie kunstvoll plaudern über die Kunst des Plauderns. Er hat gut plaudern, der Ahnungslose ; ihm fällt keiner ins Wort, der auch plaudern möchte, weil er reden muß . . . Hätte er uns die schwerere Kunst des Zuhörens gelehrt, in der wir uns langsam und mühselig ausbilden! Aber er denkt ja nicht an uns, wenn er in die Welt hinaus spricht. Gehören wir noch zur Welt, noch zu dieser Welt? Manchmal glaube ich: nein. Es ist hier alles anders, und wir selber sind anders geworden.

Vorsicht, mein Lieber, Vorsicht mit den großen Worten! Was hat sich gewandelt? Wer hat sich gewandelt? Was bedeutet Wandlung?

Die horizontale Weltbetrachtung, die wir hier oben zu pflegen angehalten sind, führt ganz naturgemäß zu andern Perspektiven. Das stellen wir jeden Tag fest, wenn wir mit dem Zeiß die grasigen Hänge absuchen bis zu den Schroffen hinauf, über die ein Rudel gesund schnaufender und schwitzender Naturfreunde emporklettert, oder die Fahrstraße ausspionieren, wo die Halbmaroden ihre dringlichen Einkäufe vom Bleistift bis zur Pravazspritze tätigen,

10

oder das Laboratorium im Hinterhaus schräg unten durchspähen, wo sich zwei Aerztinnen mit ihrem strammen männlichen Kollegen prustend über ein Röntgennegativ streiten, das im Rahmen hinter dem breiten Schiebefenster steht. Die Perspektiven verschieben sich, wenn wir vom Liegestuhl aus menschlichen Tragödien, die uns fremd sind, bis in die verborgensten Winkel und Windungen zu folgen eingeladen – nein, gezwungen werden: lautlose Ankünfte und kreischende Abfahrten, der tägliche Gang von jungen Männern, die langsam dicker und brauner werden, vom Speisesaal zur Gewichtswage, vom Wohnhaus zur Liegehalle, vom Garten zum Waldweg und zurück in den Speisesaal, die wochenlange Betthaft der schwereren Fälle zweiter Klasse in den Nordzimmern mit geduldig vorwärts und zurück geblätterten Magazinen, in denen Strandbadeszenen und Schönheitskonkurrenzen das Auge des abgesonderten Fieberhäftlings mit dem Widerschein der bunten freien Welt entzünden – damit er sie nicht vergesse, schrieb seine Braut, die ihm den abgelegten Jahrgang mit den nervös zerknitterten Blättern schickte, verräterischen Zeichen des heimlichen Einverständnisses zwischen dumpfen Träumen hier wie dort.

Welcher Lokalgeist, der sich selber manifestieren wollte, gab der Bande den Witz ein, mit dem sie in der Neujahrsnacht dem stillen Fjodor Federspil die Lehre von den verschobenen Perspektiven beibringen sollte? Er war Schach spielen gegangen wie jeden andern Abend auch. Neujahrsnacht hin oder her; er hatte schon so manche hier oben verlebt, seit er aus dem Saratowschen über einige westeuropäische Hochschulsemester endgültig auf seinem Liegestuhl gelandet war. Schachspielen war seine Leidenschaft; sie fraß die Zeit und schonte den Geldbeutel. Eine gefühlsweiche Neujahrsnacht mit Bleigießen und Glühwein – brr! nichts für Fjodor Federspil. Im Saratowschen feierten sie seinerzeit das neue Jahr dreizehn Tage später; er hielt sich an den alten Kalender, ihm konnten die Bolschewiken den Buckel herunterrutschen, der durch eine siebenrippige Plastik etwas schief geraten war, was ging ihn der neue Kalender an, war er nicht im alten krank geworden, na also. Die Bande, vom Glühwein froh beherzt, bricht in seine Bude ein, räumt Bett, Schrank, Tisch und Stuhl auf den Balkon hinaus, die Wolldecken und Leintücher hängt sie übers Geländer in die Eisluft und an den Schein der funkelnden Sterne, dann stellt sie die weißgestrichenen Puppenmöbel-

chen, die sie sich ungefragt bei der kleinen Verwalters-Lola ausge-
borgt hat, pedantisch genau an die Stellen, wo das rechte Bett, der
rechte Schrank und der rechte Tisch gestanden haben, dreht das
Licht aus und verzieht sich wieder zum Bleigießen und Mitter-
nachtsgeläute.

Fjodor Federspil ist so nüchtern wie die Oberschwester bei der
Kaustik, da er vom Schachspiel heimkehrt, und gewonnen hat er
auch und also weder Kummer noch Verdruß. Aber den Arm hebt er
doch wie geblendet vor die Augen, da er das Miniaturmobiliar im
grellen Licht der Zimmerlampe sieht, winzig klein, unendlich fern,
aber hygienisch hell und am rechten Platz. Ein Schwindel erfaßt ihn,
ihm flimmert vor den Augen, schaut er in einen Abgrund, in die
Steppe hinaus, in die Wüste? Ach! Die Zeit ist endlos wie die Wüste,
er ist seiner eigenen Gegenwart entrückt, vielleicht ist er tot?

Nach einer Weile – oh, es dauerte gar nicht lange – kommt Fjodor
Federspil wieder zur Besinnung. Er schleppt seine rechten Möbel
vom Balkon herein, das Bett und die Matratzen, den Schrank, Tisch
und Stuhl, und in die eiskalten Leintücher legt er sich, etwas erschöpft, schwitzend und zähneklappernd. Am nächsten Morgen
erscheint er nicht zum Frühstück. Der Arzt droht ihm mit dem Finger: »Glühwein, was? Katzenjammer!« Die Schwester bittet er, der
Verwalters-Lola mit Dank die Möbelchen wiederzubringen. Sonst
spricht er wenig, von der nächtlichen Vision erzählt er keinem Menschen, bei sich selber wird er wohl darüber nachgesonnen haben,
und am dreizehnten Tage stirbt er, gerade wie sie im Saratowschen
Neujahr gefeiert hätten, nach dem alten Kalender.

Ein makabrer Scherz. Der Lokalgeist hätte ihn sich sparen können. Wir sind auch ohne solche brutalen Winke im Bild. Es ist die
Luft um unsre Liegestühle, die alle Maßstäbe knickt, streckt und
verschiebt.

Großes wird klein und Kleines groß. Ein gehender Wolkenschatten über herbstlich gebräunten Weiden läßt uns halbe Tage lang
nicht mehr aus seinem Bann, aber wenn uns einer drahtlos die Wel-
tenwende für die nächste Viertelstunde in Aussicht stellt, kommt
uns das ungefähr so lustig und so wichtig vor wie die Ankündi-
gung der Hauptnummer im Zirkusprogramm durch den Herrn
Direktor höchstpersönlich. Als vor knapp zwei Jahren – oder sind es

drei?– der Papst zum erstenmal durch das Mikrophon zur Welt sprach, hörte man in das feierliche Amen hinein nach dem Uebersetzer rufen, der sich zuerst umständlich die Nase schneuzte, bevor er der englischen Christenheit die lateinische Meinung des Papstes mitteilte; das fachmännische Schneuzen klingt uns heute noch im Ohr, für solche Musik hat man hier ein scharfes Gehör, wir würden den Mann an seinem Nasenton aus Tausenden heraus erkennen und die Worte des heiligen Vaters wären in dem Naturgeräusch fast untergegangen.

Was heißt das: ein Mensch wandelt sich? Worin und wodurch? Laß mal sehen, oh wir das rausbringen. Ist noch Zeit zu dieser Extragedankenschleife? Ach, hier ist ja immer noch Zeit. Knapp drei Uhr vorbei, ich seh's, ohne daß ich den Kopf zu wenden brauche, auf dem Zifferblatt am Kirchturm. Komisch gedrechselt ragt dieser Turm in die Luft, mit leiser Drehung der Dachrippen nach links, ein wenig spielerisch, ein wenig unseriös, als wäre es dem Finger mit dem Hinweis zum Himmel nicht so ganz ernst. Da hab' ich also seinen Glockenschlag überhört und er klingt doch so eindringlich zwiefach, zuerst hell, dann dunkler, und beim ersten Schlag freuen wir uns, daß wir die Stunde überhaupt erlebt haben, keine selbstverständliche Sache, beim zweiten bedauern wir, daß sie schon vorüber ist. Sinnige Einrichtung, nicht wahr, wie die steigungslose Höhenpromenade, der flache Taschenspucknapf und der Waldfriedhof, der von ferne wie ein Spaziergehölz für Flirt und Kurkonzerte aussieht.

Ach Gott, diese ewige Gedankenflucht, der reinste Querfeldeinlauf einer Stafette von Associationen. Wahrscheinlich Ersatz für Leichtathletik. Kann der Leib nicht mehr, so muß der Geist an den Start. Sollte dies schon eine Wandlung bedeuten? Keine Hexerei, aus der Not eine Tugend zu machen; moralisches Taschenspielerkunststück. Andere Beweise, bitte!

Schön. Sollst du haben. Kennen wir nicht ganz gut einen gewissen Schriftsteller, den die Zeitungen während zehn Jahren eine Hoffnung des Schrifttums genannt haben und der sich auch redlich Mühe gab, diese Hoffnung nicht allzu heftig zu enttäuschen. Sind von ihm nicht zwei Gedichtbände erschienen, der eine massiv und tiefgründig, der andre locker und leicht, und beide haben ihre spärlichen Leser gefunden und ihr reichliches Lob. Und der uns wohlbekannte Schriftsteller klagte während zehn Jahren geheim und öffentlich über den Mangel an Zeit, der ihm nicht erlaube, das zu vollbringen, was seine eingeborene Lebensaufgabe sei. Jetzt hat er Zeit, genug Zeit, einen Ueberfluß an Zeit, und was vollbringt nun unser Schriftsteller von der ihm eingeborenen Lebensaufgabe? Er schreibt, nach wochenlangen Vorbereitungen, eine Seite Prosa nieder, mit pedantisch gespitzten Bleistiften auf ein Blatt Papier, das Agathe zerknüllt am nächsten Tag aus dem Papierkorb fischt und ihm wieder auf den Tisch legt, glattgestrichen und mit zwei Granitsteinen beschwert. Und er liest es in Gottes Namen noch einmal durch, verbessert da und dort etwas und am Ende schreibt er's wahrhaftig gewissenhaft ab und zerreißt das erste Blatt in hundert Fetzen, damit er vor Agathe Ruhe hat. Ein paar Seiten Prosa, allerdings dicht gewachsen wie kurzes Weidgras, das ist der spielerische Ehrgeiz seiner beschäftigungslosen Wochen, und von der Lebensaufgabe spricht man nicht mehr. Lassen wir den Sonderling, wir kennen ihn zu gut und wollen ihn nicht bloßstellen, aber als ernsthaftes Beispiel einer Wandlung kommt er wohl kaum in Frage.

Aber auch das beliebte Unterhaltungsspiel, vom Liegestuhl die Welt wie auf eine Projektionsleinwand vor sich hin zu zaubern, in die leere Luft hinaus, ist ein verdächtiger Zeitvertreib. Ich liege hier und sehe die staubigen Karrenwege durch die Felder Bessarabiens, zwischen hohen Maisstauden und hellgekalkten Dorfhütten, und den Schöpfbrunnen einsam wie ein Galgen in der braunharten Grassteppe. Ich sehe den sommernachthellen Fjordwinkel hinter Florö, wo wir eben einen Postsack vom Schiffsdeck hinab auf eine einsame Klippe geworfen haben, unten im Schatten des Bugs steht ein Mann, rührt sich nicht, spricht nicht, schaut uns reglos nach, wie wir langsam und dann immer rascher durch das grünliche Wasser in die helle Nacht ziehen. Ich sehe über die schuppigen Rundziegel auf den Dächern von Arles in die klare Weite der Provence, graue Mauern, mattsilbern aufrauschendes Olivengezweig, blitzende Wasserläufe. Ich sehe die spitzen Giebel in der Danziger Langen Gasse, die Hafenspeicher von Königsberg, die weißen Sandhügel auf der Nehrung mit den roten Dächern der Fischerhütten, die durch dunkelgrüne Kiefern glühn. Ich sehe den bläulichen Nebel tief über der gefrorenen Newa liegen und blaßrosa die Mauern des

Winterpalastes durchschimmern, unwirklich, vom Strahl einer Sonne entzündet, die man auch in der kurzen Mittagsstunde nicht klar erblicken wird. Ich sehe – ach, zum Teufel, was ist dieses Sehen denn anderes als das geizige Zusammenraffen des kärglichen Schmuckes, den man aus besseren Zeiten in das Exil gerettet hat?

Wie Verstoßene hocken wir hier beisammen, verlustig der Heimat, verlustig der Freizügigkeit, und kramen mit zitternden Fingern in unsern Habseligkeiten und tauschen sie gelegentlich aus gegen anderen Tand aus andern Händen, die ebenso zittern wie die unsern. Früher gab man den Aussätzigen lärmende Klappern in die Hand, damit man ihnen aus dem Weg gehen konnte und sie einen nicht wie die Plage Gottes unvermerkt überfallen konnten. Gestern sah ich einen cremehellen Mercedes, der beim Einfahren auf die glatte Promenade hastig die Wagenfenster hochschraubte, dahinter glotzten neugierig verängstigte Gesichter auf uns Spaziergänger. Und wenn wir auf unsern Pritschen liegen, sehen wir in seligen Verzückungen die Welt – und glauben sie zu besitzen, tiefer und reiner noch zu besitzen als damals, da wir sie durchzogen, durchjagten, durchrasten.

Aber es ist Blendwerk. Zwischen uns und der Welt steht eine gläserne Wand. Zwischen uns und dem Leben steht die Krankheit. Die Absonderung. Die Einsamkeit. Der Tod.

Der Tod – das ist die Wandlung. Und er hat uns alle angerührt. Und so sind wir alle verwandelt. So wahr wir noch leben, leben wir nicht mehr wie einst.

Die Gegenwart des Todes, die uns zu jeder Stunde umfängt, wird wie das Walten einer finsteren Gottheit geehrt. Man bringt ihr geheim die Opfer, die sie fordert, und öffentlich das Zeremoniell, dessen sie nicht bedarf. Hat man je ein Begräbnis nach Tieflandsitte gesehen, wenn einer aus der Schar der Gezeichneten weggegangen ist? Sie, deren Ende vom ersten Tag an unsichtbar auf der Fiebertabelle irgendwo zwischen zwei Abendstunden eingetragen ist, sie sterben wie aus Versehen und ganz ohne Umstände. Sie gehen aus der Stille des weißen Bettes in die Stille des schwarzen Sarges über, und aus der Einsamkeit zwischen Lebenden in die Gemeinsamkeit der Toten. Man darf vielleicht sagen, daß sich an ihrem Zustand wenig ändert . . . Und deshalb macht man nicht viel Aufhebens von ihrem gänzlichen Auslöschen. Hier flackern so viele Lichtlein schwach durch die Nacht, nur die stillen Schwestern mit dem raschen Schritt und den flatternden Röcken wissen um die ganze Beleuchtungsanlage Bescheid, und wenn sie irgendwo hapert, drücken sie sanft ein Auge zu. Zwei Augen. Und wenn wir andern am Morgen auf der Liegehalle davon erfahren, ist der Schaden schon repariert, die Lücke ausgefüllt, ein neues Lichtlein flackert, wo das alte erloschen ist, es sind ihrer genug da. Kein Leichenzug, kein Grabgeläute, nichts von diesen Wichtigtuereien, sie ziemen sich nicht für Alltäglichkeiten. Ja, wenn ein Hiesiger, unbescholten und grundlos, vom Tod angerempelt wird, mit neunzig Jahren oder sonstwie aus unerklärlichem Zufall, dann schallen die Glocken zum Protest und ein Demonstrationszug bewegt sich durch die Straßen, feierlich und würdevoll. Es ist nun einmal nicht das gleiche, wenn zwei das gleiche tun. Man stirbt so und anders: dem Tode hörig oder dem Leben.

Diese jungen Männer, die ein wenig fahrig und mit verlorenen Blicken daherkommen, immer klafft ihnen das Hemd beim zweitobersten Knopf, weil sie vergessen haben, es nach dem Fiebermessen zu schließen, sie bevorzugen Achselhöhle und schlagen ehrlich drei Striche dazu – diese jungen Männer wissen genau, wer ihnen in trüben Nächten unter dem bunten Kitschlicht der Bar die Cocktails mixt, wer ihnen die Englischlektion in plaudernder Konversation erteilt, wer mit ihnen Briefmarken tauscht und über Kant, Bergson und Heidegger diskutiert. Der kleine Wolf, den wir alle lieben – eben hat er Abitur gemacht und er weiß genau, wer an seinem Bettrand saß und ihm die Prüfungsfragen in Weltgeschichte, Latein und Arithmetik stellte, damit auch er in seinen heißen Kissen zur höheren Bildung staatlich zugelassen sei. Alter Herr mit Bart und Brille, rundlich quicke Dame mit Fahrrad und Tauchnitzedition, glatte Kellnervisage mit flacher Stirn und gewelltem Hinterkopf: Masken, alles Masken aus einem poveren Leihgeschäft, keine ist ihm zu schlecht, keine zu gut, um uns durch die hohlen Augenlöcher frech anzublinzeln, vertraulich und gemein, er, dem wir hörig sind – der Tod.

Er in seinen Masken schreckt die gutmeinenden Besucher, die in Extrazügen aus dem Unterland heraufkommen, Mitleid im Herzen und Skier auf den Schultern. Er hockt dick vermummt auf dem

Kutschbock, wenn sie in den frostklirrenden Nächten im Schlitten über die Promenade jagen, und er steht plötzlich unter ihnen im Tanzsaal, in Frack und weißer Binde, braunledernes Gesicht mit stahlkalten Augen. Wir andern sind gewohnt, ihm zu begegnen; wir weichen ihm unauffällig aus und vermeiden seinen Blick. Aber unsre Gäste lassen sich von ihm eine Nacht lang den Hof machen und reisen am folgenden Morgen überstürzt wieder ab, mit benommenem Kopf und einem leisen Druck in der Magengrube, lieber ihre Skispuren an den flimmernden Hängen, die unsern Schritten unerreichbar sind, streut der spielende Wind stäubenden Schnee und man weiß bald nichts mehr von ihnen. Wir aber bleiben in unsrer Welt, in unserm Leben und in unserm Tod – allein.

Wer zu uns gehört, kennt das ungesprochene Losungswort. Und auch wer für kurz oder lang von uns wegzieht, behält es in seinem Sinn. Ob er wiederkehrt oder nicht, das Losungswort bindet ihn. Es hat ihn verwandelt.

Anna Segher – mehr als ein Jahr war sie nicht mehr hier gewesen, aber die Aelteren kannten sie gut und sprachen von ihr, als wäre sie gestern erst verreist. Man sprach von ihr wochenlang, bevor man sie erwarten durfte, und man sprach von ihr wie von einem Fall; hier, wo keiner im andern medizinisch eine besondere Nummer sieht, ist das außergewöhnlich. Mir ging das Gerede um Anna Segher auf die Nerven. Ich stellte sie mir blaß, kümmerlich, windschief vor. Sie hatte den ganzen Zauber in effektvoller Steigerung hinter sich, Pneu, Phrenicus, Plombe, Plastik (viermal P stickte ihr die Bande auf einen knallroten Pullover, nach dem Muster der frischfrommfröhlichfreien Turnerdevise) und die Aerzte waren über die weitere Gestaltung des Programms ein bißchen in Verlegenheit. Darum hatten sie Anna Segher in den Süden geschickt, zur Konkurrenz, wo sie Disziplin lernen sollte. Denn sie beherrschte spielend die ganze Klaviatur des Patientendaseins, vom Bettarrest bis zum Vormittagssuff, nur für Disziplin hatte sie keine Begabung. Fühlte sie sich königlich wohl, so genoß sie die Bettruhe wie eine Scheuerfrau in den Ferien, war sie violett vor Atemnot, so lud sie ihre Freunde in die Bar ein. Vor drei Jahren hatte der Professor aus Bremen, der uns jeden Frühling mal besucht, sie einer wiehernden Cook-Party amerikanischer Spezialisten als einen Fall vorgestellt, der für die Wissenschaft gar nicht mehr existiere, und sie entlassen mit den Worten: »Auf Wiedersehn im nächsten Winter, wenn ich noch lebe!« Anna Segher hatte das einzige getan, was ihr in ihr er Lage zu tun übrig blieb: sie nahm ihn beim Wort. Sie sahen sich wieder. Und er konstatierte mürrisch: »Na also, da sind Sie ja noch immer«, und verordnete ihr die Disziplinkur im Süden.

An jenem Morgen, da man Anna Segher zurückerwartete, war es auf den Liegebalkonen unruhiger als sonst. Drei Grammophone, zwei Lautsprecher und Ercole Biffis Natursoli überschrien einander in der feuchten Morgenfrische, die reglos zwischen den taukühlen Grashängen und den hellen Felswänden hing. Die Häuser lagen wie nackt in der Sonne da; ihre ganze Häßlichkeit gab sich unverstellt preis, und dies wirkte so rührend, daß man in jäher Sentimentalität alles lieb bekam, das ganze Tal mit seinen Hütten und Palästen, die Mietkavernen voll Elend, Hoffnung und Schicksal.

Da rollt auch schon der Wagen munter vom Bahnhof die Wegschleife heran. Die Balkongitter sind im Nu besetzt, einige Taschentücher flattern, Ercole Biffi zieht hörbar die Luft in seinen lädierten Windbeutel von Lunge ein – aber der Kutscher winkt höhnisch mit dem Peitschenstiel ab und wie der Wagen ganz um den Wegrank herumgebogen ist, entdeckt man wohl die gelben Handkoffer, das karierte Reiseplaid und einen unausgepackten Blumenstrauß auf der Sitzbank, aber nicht die disziplinierte Anna Segher.

Sie erscheint erst, als wir alle schon beim Mittagessen sitzen. Die Suppe ist vorbei, man hat bereits ein halbes Kapitel weitergelesen im Roman, der ewig zwischen der bekleckerten Kalziumflasche und dem verblühten Primelstock liegt – da scheppert die Glastür unter dem hastigen Griff einer Hand und herein kommt Anna Segher. Es ist ganz still im Saal, alle Köpfe wenden sich ihr zu, die Serviertöchter bleiben stehn und drehn sich um nach ihr. Dann geht der Jubel los, das Hallo und Willkommen in fünf Sprachen, und Anna Segher schreitet wie eine junge Göttin, die von der Jagd zurückkehrt, durch den Saal, zwischen den Tischen hindurch zu ihrem Platz an der Wand und winkt nach rechts und links. Groß ist sie, schlank, aber gar nicht zu mager, den Kopf trägt sie hoch und den Nacken steil wie die Frauen in der Toscana, wenn sie mit den randvollen Kupferkesseln vom Brunnen kommen, und ihre langen Beine schreiten bedächtig und sicher aus. Ich frage betroffen den Nebentisch: »Ist das die Anna Segher?« Und man jubelt zurück: »Wie sie leibt und lebt!«

Nach dem Essen, wie man um sie versammelt ist, gibt sie mir ihre feuchte kalte Hand und sagt mit ihrer dunkeln Stimme: »Sie sind also der Neue! Gefällt es Ihnen hier, ja? Oh, es wird Ihnen immer besser gefallen.«

Wenn sie lacht, flackern ihre grauen Augen in dem schmalen Gesicht. Es ist, als ob ein Fremder durch sie auf mich blickte – wie durch eine lächelnde Maske . . .

Ein Gong heult auf, seine Schläge stoßen stumpf in die träge Stille, es ist vier Uhr. Von den Liegestühlen erheben sich vermummte Gestalten, recken die Arme, entschlüpfen den Hüllen; man sieht sie schemenhaft durch die Milchglasfenster. So und nicht anders muß es einmal bei der Auferstehung am jüngsten Tage zugehen. Der Gong bellt und brüllt, damit keiner ihn überhöre, wie die Trompeten des letzten Gerichts.

4–6 AUSGANG

Um rascher ins Freie zu kommen, benutze ich die Hintertreppe. Der Lift ist sowieso von den englischen Boys belagert, die mit ungewohnter Hast zum Tee sausen. Aber nein, im zweiten Stock verlassen sie ihn lärmend und stürzen in das Zimmer der rotblonden Grace. Niemand kennt ihren Namen richtig, alle nennen sie Grace und allen lächelt sie zu, als ob sie wirklich so hieße. Nach ihr sind auf Ehre die Postkarten serienweise angefertigt, die im Papierladen auf der Promenade für Geld und gute Worte auszugraben waren und die uns, mit ihrem gefälschten Namenszug versehen, ein unbekannt verbliebener Spender am Weihnachtstage zum Gedeck legte. Stürmisches Gelächter– und dann trug jeder ihr rosablondes Süßgemälde ganz behutsam in sein Zimmer und schaute es gerührt noch einmal an, bevor er's als Buchzeichen in irgendeinem Schmöker vergrub. Wozu ihr Bild? Grace ist Wirklichkeit, täglich schaubar, und keine Wolke verdunkelt ihren Glanz. Der Besuch ihres Gatten schob für zwei Wochen eine störende Kulisse vor ihre Anwesenheit, es war wie ein blasser Nebelschleier vor dem unwandelbaren Gestirn, wie ein kalter Hauch um den verglimmenden Kamin, und gestern zog er wieder ab, fröhlich und korrekt, wie er gekommen war, ein sympathischer Flieger irgendwo in Indien, fern von Grace. Sie hatte ihm vom Balkon aus lange nachgewinkt, während es auf den nachbarlichen Liegestühlen erstaunlich ruhig geblieben war. Eine Viertelstunde nachher bestellten die Boys ihren Gin auf das Zimmer der verheulten Grace und gaben sich alle erdenkliche Mühe, sie zu trösten. Am Abend schien es gelungen, das Lächeln lag wieder auf ihren blanken Zügen und es war reiner und postkartensüßer als je zuvor.

Wenn ich den obern Weg gehe, bin ich zu dieser Stunde sicher, keinen überraschenden Begegnungen ausgesetzt zu sein. Ueberraschung – wie man sie verabscheuen lernt, ohne ihr etwas anderes vorwerfen zu können, als daß sie uns überrascht. Ein pedantischer Stundenplan regelt unsere Tage, wir hassen ihn; ein Netz von Gewohnheiten fesselt unsere freie Zeit, wir schämen uns ihrer; unserer Welt sind äußerliche Grenzen gebogen, wir verfluchen sie. Aber wehe der Ueberraschung, die unsern Stundenplan stört, unsre Gewohnheiten umstürzt, unsre Grenzen durchbricht. Fassungslos stehen wir vor dem Zufall, der von uns nicht vorgesehen war. Sind wir denn feige Sklaven geworden? Vielleicht, schlimmer noch: wir sind glückliche Gefangene. Wir tragen unsre Handschellen, als ob es Armbanduhren wären, von denen wir unsern geordneten Tageslauf, unsern vorausbestimmten Lebenslauf ablesen.

Jener gute, alte Doktor Josua, als junger Privatdozent der Kunstgeschichte hier herauf verschickt und hier in Ehren grau geworden, ließ er sich nicht noch im hohen Alter einen Fluchtversuch zuschulden kommen, einen Ausbruch aus dem Gefängnis, der ihn nicht weit führte und ihm wenig Ansehen einbrachte. Drei Jahrzehnte lang, ein volles Menschenleben, hatte er auf seinem Liegestuhl, auf seiner häßlichen Holzveranda in dieser Goldgräberstadt, von seiner Einzelzelle in diesem weltfernen weltlichen Hochgebirgskloster aus die Grundrißgeheimnisse aller europäischen Kathedralen erforscht, hatte die Dome von Sizilien, Kalabrien, der Provence und des Burgund ausgemessen, die Kirchen in Irland, Norwegen, auf Bornholm und in Wisby aus ihren Trümmern wiederhergestellt, die Münster in Chartres, Mecheln, Köln, Ulm, Basel nochmals aufgebaut, auf dem Papier, versteht sich, aber nach dem heiligen Gesetz des goldenen Schnittes, das er im großen wie im kleinen wirksam und gültig sah – oh beglückende Stunden der Entdeckung und Bestätigung, voll jenes trockenen Rausches, den die fiebrige Arbeit in der Einzelhaft erzeugt und den er in seltsam wilden, gedankenverlornen Abendspaziergängen auf der Promenade austobte. Man gab ihm Raum, wenn er wie ein schlingerndes Segelschiff halb quer vor dem Wind daher fegte, denn das Gerücht seiner Entdeckungen stand wie eine turbulente Brise um ihn und im Schaufenster der Buchhandlung türmten sich seine Werke, von seinem Bild überragt. Doch der Ruhm, der da aus dem Unterland heraufsickerte wie trübes Grundwasser in die dünne Luft zwischen den dunkelwaldigen Berghängen, was war er unserm Forscher und Finder, unserm guten und altgewordenen Doktor Josua? Ein fahles, undeutliches Echo auf sein Wort, das laut und farbig gewesen war, ein spätes Etwas, ein allzu spätes Nichts, für das er längst mit seinem Leben gezahlt hatte.

Damals aber, als sein Werk vollendet war, ergriff ihn plötzlich die sinnlose Lust, seine kühne Entdeckung auf dem Papier irgendwo an der Wirklichkeit nachzuprüfen – selber nachzuprüfen, was andere natürlich längst schon staunend getan hatten. Ach nein, nicht im goldschimmernden Monreale oder im grauen Brügge, nicht an jener schlichten Marienkirche in Cornwall, die ihre Zwillingsschwester auf der Thingstätte am Hardangerfjord hat, nicht eine Fahrt in die weite Welt, die ihm ein Leben lang so nahe gewesen war, keine Tollkühnkeit, keine Ausschweifung lockte unsern Doktor Josua fort aus seinem Eremitenfrieden, bloß ein Besuch in der Kantonshauptstadt sollte es werden und ein rascher Gang durch das alte Gotteshaus. Vielleicht ein Verweilen in der Achse des geheimnisvollen Fadenkreuzes, im Mittelpunkt des Wunders, bloß zwei Atemzüge lang, bloß während zwei Gedanken, wer weiß, während einem kurzen Dankgebet dafür, daß es ihm vergönnt gewesen war, in seinem stillen Zellenleben auf dem Papier ein Gesetz der Wirklichkeit zu entdecken.

Aber nicht weit kam unser Kunstgelehrter, weiter nicht als bis zur nächsten Station, eine Talstufe tiefer, wo der graue Herr schleunig den Zug verließ und sich heftig schnaubend auf die Ruhebank am Bahnhof setzte, die für die beschäftigungslos wartenden Portiers und die herumlungernden Träger bestimmt ist, und einsah, daß ihn das Tiefland nicht mehr haben wollte und die Höhe nicht mehr freiließ. Der nächste Zug brachte ihn uns zurück und erschöpft von dem Abenteuer atmete er immerhin befreit und befriedigt auf, als er wieder seinen Balkon betrat, seine Einzelzelle, sein Lebensgefängnis. Die Wirklichkeit mochte drunten in der Tiefe ihr atembeklemmendes Dasein fristen; ihm genügte, ihr Gesetz auf dem Papier entdeckt und es ihr verraten zu haben. Soll man ihn unglücklich, soll man ihn gar bedauernswert nennen? Man täte seinem kleinen Triumph Unrecht, der ein Sieg des Weisen über sein Schicksal war.

Glühend gießt die Sonne die Kaskaden ihrer Strahlen über die Mauerwand des Kinderheims. Hier geht der Weg vorbei, gerade hier beginnt er zu steigen, das Herz setzt einen gedämpften Trommelwirbel an. Mit der pedantischen Gleichmäßigkeit einer guten, etwas alten Maschine schreite ich aus, die Beine kennen das bekömmliche Schrittmaß, die Füße den zweckmäßigen Trittsatz, ich könnte die Augen schließen und würde den Wegrank dennoch nicht verfehlen. Aber von Schließen keine Spur. Die Augen gehn ihre eigenen Wege, während mein Leib langsam steigt. Sie stellen zum hundertsten Male fest: dieser Riß im Beton müßte geflickt werden, wenn der Regen nicht einen ganzen Brocken losreißen soll. Wie, hat der Gärtner heute hier gesichelt? Sind wir schon so weit in den Sommer gerutscht, daß die hohen Gräser und der braunrote Klee fallen müssen? Sieh mal an, das Eckfenster im Waldhaus ist geschlossen, was bedeutet das? Drückt die Luft heute so stark, daß man sie im Zimmer nicht haben mag? Ich kann das Bett heute nicht erspähen, die Fensterscheibe schimmert dunkel, aber aus der Tiefe des Zimmers sieht man mich, der ich pünktlich wie die Uhr in dieser nachmittäglichen Viertelstunde hier vorbeigehe, Tag für Tag, mit leisem Handgruß gegen die Unbekannte im Bett, gegen den Mitmenschen, gegen den blassen Schatten einer lebenden Frau.

Meine Hand legt sich im Zurückfallen auf den Stein, der schwer und kantig neben dem Weg am Grasbord steht. Ein grauer Granit mit silbrig schimmernden Kristallkörnern, an der Regenwetterseite klammert sich filziges Moos in den Ritzen fest, vorne hat ihn die Sonne gebleicht und der spielende Wind blank gerieben. Es tut wohl, den Stein zu berühren; seine Wärme ist von andrer Art als die der Betonmauer, sie schlägt wie Blut an meine Hand, in kurzen Wellen, schwachen Stößen. Oder ist es nur mein eigenes Blut, das gegen den Stein pocht und in ihn eindringen möchte und durch ihn hindurch in das tiefe Herz der Erde? Ich weiß es nicht. Wie kann ich wissen, was mein Blut will und was ihm der Granit antwortet? Hier spricht eine Sprache, die ich nicht verstehe.

In die muldige Schale oben auf dem Stein lege ich dann, wie ich es jeden Tag tue, eine Blume, einen Zweig. Wann begann das Spiel? Weit zurück in der Zeit muß es liegen, ich erinnere mich jenes ersten Morgens nicht mehr, weiß nur, daß klares Regenwasser in der Mulde gesammelt war und daß die Schale wie eine offene Hand um ein Almosen bat. Ich gab, was ich hatte. Es war ein Spiel. Wann aber wurde das Spiel zur zwingenden Gewohnheit, zum unverbrüchlichen Brauch, wann die Bitte der offenen Hand zur Forderung einer Gottheit, ihr zu opfern? Habe ich nicht im Winter einmal den Schnee von der Mulde weggeschoben, ihn mit meinen Fingern weggekratzt, bis mir die Nägel sprangen, nur um einen Sonnenstrahl auf den Altar meines namenlosen Götzen zu legen? Damals erschrak ich vor mir selber, vor dem törichten Wahn, dem ich diente, aber heute bin ich gleichgültig gegen meine Vorwürfe geworden: ich zucke die Achseln und opfere. An den Tagen, da ich das Zimmer hüten muß, kann ich das Blumenopfer nicht darbringen; aber, denk' ich auch so, so fühl' ich doch anders: wenn ich den Stein zu schmücken unterlasse, geht es mir schlecht. Und ich weiß nicht, worüber ich mehr betrübt bin.

Drei Schritte weiter, jenseits des Holzstegs über dem glucksenden Bach, tritt mein rechter Fuß auf die Wurzelrune, die glatt gescheuert in der Wegdecke eingebettet liegt. Auch dieses muß sein! Wie ein leicht hingeworfenes Fragezeichen krümmt sich die Holzfaser im Sandstaub und wenn ich auf sie trete, wippt sie meinen Leib mit schwachem Gegendruck zurück. Spielt sie mit mir? Ihr fragezeichenhaftes Dasein auf diesem gepflegten, geebneten Weg – ist es nicht mehr als nur ein fragwürdiges Zeichen, durch das mir Natur sich vertraulich zu erkennen gibt?

Denn schwer nur verstehen wir sie hier. Wir verbringen den halben Tag im Freien, wir sind aus den Städten des Tieflandes heraufgezogen in das Bergtal, um das die Gipfel ragen und die Alpwiesen wie samtene Kissen ausgebreitet sind, unser täglicher Weg geht durch dunkeln Tannenwald und durch windgestreichelte Wiesen, geht an stürmenden Bächen und angebrochenen Felswänden vorbei – aber ist das Natur, immer noch Natur, oder hat sie sich nicht vielmehr langsam gewandelt zu fabelhaft echt wirkenden Kulissen, zwischen denen wir agieren wie mittelmäßige Schauspieler, mehr mit uns selber beschäftigt als mit dem Stück, das wir zu spielen haben?

Zwei Schmetterlinge, weiße Flügel, die aus dem raunenden Schatten höher und höher in die sonnige Luft hinauftaumeln, Gott weiß woher und wohin, aber mit einemmal ist die Walddämmerung so wahr geworden wie ein Märchen und unser Schritt so erwartungsvoll wie in der Kinderzeit. Verzauberung, mächtig wirksames Wunder der Minute ! Und dann: Von ferne tönen einige abgerissene Fetzen Walzermusik in die Stille, verirrte Fragmente des Teekonzerts im Kurgarten, und der rote Wagen der Seilbahn klettert durch den Wald empor, man sieht ihn zwischen den kahlen Stämmen blutig schimmern, wie ein fremdartiges Fabeltier auf der abendlichen Jagdstreife. Der Asphaltweg spiegelt sein fahles Licht in das Tannendickicht, die Metallstangen des Geländers funkeln matt wie entrindete Aeste, die vom Regen und von der Sonne manches Herbstes knochenbleich gewaschen und getrocknet sind.

Ist das Natur – oder sind es die Requisiten unseres weit gebauten Krankenzimmers, tolle Wandmalereien mit bestürmend kühnen Perspektiven und sinnigen Einfällen? Kostspieliger Luxus gegen bescheidenen Eintritt.

Hier am Wegrand, im Wurzelwerk der Tannen, die einzeln in gemessenen Abständen zum Himmel ragen: zügle den Schritt, vermeide das Knirschen der Sohle im Sand und verweile bewegungslos. Siehst du, wie es mit kratzendem Gewisper am rauhen Stamm herunter flitzt, rund herum und mit wippendem Sprung ins buschige Gras vor deine Füße: ein dunkelbraunes Eichhorn, mit spitzen Oehrchen, funkelnden Augen, hochgesträußtem Flederwisch. Ein schwarzes dazu, und noch eins, in flachen Flügen von Ast zu Ast und über die Erde daher; Vogel, Maus, Gummiball mit Schwanz. Es faltet die Pfoten und blinzelt dich an. Du schnalzest leis mit der Zungenspitze am Gaumen und spreizest flach die Finger. Und noch bevor du in die Knie sinkst und ihm dein Nüßchen hinhältst, springt es dir ans Bein und klettert am Strumpf empor, an deinen Knickers und über den Arm bis zur Schulter, schaut dir tief in die Augen und rutscht dir den Buckel hinunter, flink wie ein Blitz und neckisch wie ein kitzelnder Strohhalm. Und du stehst da mit deiner Brotkrume, die du aus der Falte deiner Rocktasche hervor geklaubt hast, und starrst blöde verzückt auf den kleinen Naturclown im Gras, der seine Kapriolen nicht einmal um des Broterwerbs willen ausführt, der gar keinen Hunger leidet, keinen Appetit verspürt, bloß zum Spaß oder aus täglicher Gewöhnung, so wie du spazieren gehst und ozonreiche Waldluft atmest und das Tinzenhorn mit seinen Schneerunsen und Gratkanten im Talausschnitt betrachtest.

Schwer fällt uns wahrlich hier die Natur zu verstehn. Wir dringen nicht mehr durch zu ihr, wir haben den Schlüssel nicht in der Hand, es ist keine Türe da. Wie vor einem Gemälde bleiben wir stehn, wenn wir plötzlich an steiler Halde über dem Weg zwei Mähder im Grase sehn, einen Mann, eine Frau, die langsam Schritt vor Schritt setzen und mit flachem Schwung die Schwaden vor sich niederstrecken. Jetzt treten sie in den Schatten ein, der über der Mulde schon liegt, jetzt schreiten sie wieder hervor in die Sonne, die noch schräg über die Halde streicht, jetzt bleiben sie stehn, schauen zurück, setzen die Sense mit dem Handgriff auf den Boden, lehnen den Arm auf das blinkende Blatt und den Leib auf den gebogenen Arm. Ein krauser Bart umrahmt dunkel das schmale Gesicht des Mannes, ein breiter Hut die hellen Wangen der Frau. Sie blicken neugierdelos herunter zu uns auf den Weg, wir blicken hinauf in ihre ruhigen Augen. So nah, so rufnahe stehen wir uns, tauschen Gruß und Wort, und doch trennt uns der Abgrund zwischen zwei Welten . . .

Mein Name, laut und klar. Ich fahre zusammen wie ein ertappter Schelm, ich bin ordentlich erschrocken. Keine drei Schritte von mir entfernt, im Wegrank, steht Anna Segher. War ich denn so traumhaft verloren an das bäuerliche Bild, daß ich ihren Schritt überhörte? Zwar, Anna Segher besitzt das Geheimnis überraschender Auftritte, und sie macht davon effektvollen Gebrauch, wir kennen das. Nun steht sie schlank und rank im Schatten der letzten Tannen, hellbrauner Tailor, Wildlederpumps, knappe Mütze über dem glatten Haar; ein Mädchen an Fessel und Knie, an Schulter und Hals eine Dame. Sie lächelt, ihre Augen weiden sich an meiner Ueberraschung. Wenn man sie so sieht, kann man nur den Kopf schütteln. Vor Hilflosigkeit, meinetwegen vor augenblicklicher Verliebtheit. Sie nimmt es nicht übel, sie nimmt es nicht ernst. »Nun?« fragt sie, um das Schifflein wieder flott zu machen.

»Nun!« wiederhole ich langsam, um meiner Verlegenheit Meister zu werden, und platze dann mit meinen trüb aufgerührten Gedanken heraus: »Es gibt noch andere Menschen auf dieser Welt, als nur uns Gespenster.« Und zum Ueberfluß hebe ich die rechte Hand und strecke den Zeigefinger aus wie ein Schullehrer und weise auf die beiden Mähder am Hang. »Neuigkeit?« sagt Anna spitz.

»Das Leben kommt mir manchmal vor wie eine Neuigkeit«, beharre ich, einen Ton ernster als notwendig. »Man vergißt es hier.« Das klingt rechthaberisch, wie Belehrung, nein, wie Verteidigung. Und ich trumpfe auf: »Man lebt ja doch bloß neben dem Leben dahin.«

Jetzt erst wendet Anna Segher ihr Gesicht zur Grashalde empor. Letzte Sonne auf den welligen Erdbuckeln, ein heller Schein auch auf dem schmalen Gesicht, das von vielen Winterkuren braun ist wie schwedisches Rauchglas. Man möchte die Hand an seine kühle Glätte legen.

»Zwei müde Menschen«, sagt ihr Mund sachlich, aber nicht ohne Bewunderung. Denn ihr Auge hat die gemähte steile Halde rasch gemessen, ein Tagewerk, eine Tat. Die Sensen zischen durch die letzten Schwaden.

»Ist das nicht schön?« frage ich. Anna schweigt. Ihr Schweigen trifft wie ein Verweis. Ich beiße mir auf die Zunge. Jetzt los von dem Quatsch! denke ich und höre meine Wut in den Blutgängen brodeln. Um mir einen anständigen Abgang zu sichern, sage ich beiläufig: »Ein erbauliches Bild hinter Glas und Rahmen.«

Aber das Wort, das ein Schlußschnörkel hätte sein sollen, wird ihr Stichwort. »O nein, mein guter Herr«, flötet jetzt Anna durch spitze Lippen, die meine wegwerfende Stimme nachahmen, »es ist die Wirklichkeit, die Sie durch Ihre Brille zu schauen belieben.«

Ihr Scherz trifft mich irgendwo schmerzlich.

»Verzeihung!« sagt Anna Segher, bevor ich antworte. Aber auch jetzt ist ihre Stimme nicht etwa weich oder schmeichelnd, sondern immer von jener biegsamen Härte, die abwehrt, auch wo sie zurückweicht. »Sie waren ergriffen, hingerissen, gerührt, wer weiß warum? und ich störte Sie.«

»Ich war vielleicht traurig, wer weiß warum?« sage ich und lache. Ich will jetzt gehn.

Anna legt ihre Hand rasch auf meinen Arm. Es ist wie eine Bitte. Eine Abbitte. Nur einen Augenblick lang liegt ihr blütenweißer Handschuh auf meinem Arm, ihr sprichwörtlich berühmter Handschuh, denn sie ist unter uns die einzige junge Frau, die diesen nicht ortsüblichen Luxus mit einer gewissen hartnäckigen Feierlichkeit beibehält. Wir finden es seltsam nobel oder auch verdreht, je nachdem, und die Bande, die für derlei Aufmachung weder Verständnis noch Duldung an den Tag zu legen gewillt ist, läßt es nicht an spitzen Bemerkungen fehlen; was natürlich Anna Segher nicht im geringsten anficht, im Gegenteil, sie scheint dieses harmlose Aergernis nicht ungern herauszufordern, sie scheint es wahrlich zu genießen wie die langen, warmen Blicke, die ihrer Gestalt begegnen und folgen.

Langsam gehen wir nebeneinander her. Ich habe offenbar, wie ich erstaunt feststelle, meinen Plan aufgegeben, noch zur Alp hinaufzusteigen. Ich begleite Anna Segher talwärts. Die Sonne blendet uns mit flachen Strahlen die Augen. Anna plaudert:

»Sie hätten den roten Türkenfez aufsetzen sollen, der Ihnen am letzten Ball so gut stand. Man muß es den Mitmenschen nicht schwerer als nötig machen, es gibt doch zweckmäßige Vorsichtsmaßregeln, Umgangsformen, den ungeschriebenen Knigge. Mein Großvater war ein heftiger Herr, aber er wußte es und darum stülpte er, wenn er keinen Streit heraufbeschwören mochte, seinen Fez über, ein Souvenir von seiner Hochzeitsreise nach Marseille. Ob er das Verfahren gleichzeitig mit der Kopfbedeckung erworben hatte, kam niemals aus. Aber unter seinem Fez wandelte er ungeschoren wie unter einer Tarnkappe, wie eine dunkle Gewitterwolke ging er zwischen uns dahin, ohne zu platzen. Wir ließen ihn in Ruhe und er uns.«

»Ich besitze keinen solchen Türkenhut«, wende ich ein. »Sie ziehen meinen Kummer ins Lächerliche, Anna, aber wenn Sie mir zuhören wollen, so müssen Sie gestehen, daß Ihnen meine Stimmung nicht fremd ist. Vorbei am Leben! Wie hinter einer dicken Glaswand. Zuschauer einer Tonfilmaufnahme.«

»Recht so«, sagt Anna, »ich verstehe vollkommen. Sie sind vorübergehend gelähmt. Sie schauen die Welt im Spiegel.«

»Im Spiegel, wieso? Wieder ein gläsernes Gleichnis. Sonderbar, immerhin. Aber es mag seine Richtigkeit haben. Im Spiegel, ja?«

»Im Handspiegel, wie die kleine Nelly«, fährt sie unbeirrt fort. »Sie haben sie nicht mehr gekannt, Sie Neuling. Das Kind lag vier Jahre im Bett, auch draußen auf dem Balkon; in der Höhle, sagten wir, weil sie sich nicht rühren durfte. Knochen, Hüfte, Gelenke, was weiß ich. Nicht rühren, Mensch! Wie ich damals ankam, vor einem halben Leben, seh' ich schon vom Hof aus, noch im Wagen, einen Spiegel irgendwo in der Sonne blitzen. Ich starre hin, woher mich der Lichtblitz getroffen hat: ein Handspiegel hebt sich über einem Balkonbett empor, wird eingestellt, wird auf mich angelegt wie ein Schießgewehr und folgt meinem Schritt, meinen Bewegungen und meinem verlegenen Gruß. Ich war erschlagen. Ich ahnte noch nichts von der Neugier, die auf Liegestühlen wuchert. Heute versteh' ich es, Nelly fing sich die Welt im Spiegel. Sie durfte sich nicht rühren, sie konnte nicht mehr an die Welt heran, sie holte sich ihr bißchen Welt in die Höhle, löffelweise, spiegelweise. Camera obscura – sagt man nicht so? Ein Spielzeug, das im Tiefland aus der Mode gekommen ist.«

»Also doch Spielzeug, sagen Sie. Eine Finte, natürlich ein Bluff.«

»Ein Schattentheater, mein ich. Sowas gab es doch früher dort unten!«

»Hier immer noch. Anna! Das ist es ja, o Gott, das ist so furchtbar, die Welt bloß im Spiegel zu besitzen.«

»Wie besitzt man sie denn eigentlich drunten?«

»Aber Anna! Jetzt lästern Sie.« Ich versuche zu grinsen, aber ihr Ernst ist ungemütlich. »Mitten drin stehen, die Hände voll Leben, alles hat man drunten, nichts haben wir hier. Aussätzige, Abfall, lebende Leichen.«

Plötzlich ist Anna stehen geblieben, schaut mich an, streng, mit gekniffenen Augen. Alles Blut scheint unter der gebräunten Haut aus den Wangen gewichen, sie ist dunkelfahl, steile Falte in der Stirn, die Lippen schmal gepreßt. Stumme, schwere Pause. Langsam öffnet sie den Mund, die Zähne schimmern, sonderbar weich ist mit einemmal dieser Mund, der eben noch so streng schien. Jetzt sagt sie, und ihre Worte kommen wie von ferne an mein Ohr: »Sie reden häßlich und ungerecht. Sie wissen es besser. Seien Sie – anständig.«

Ganz leise hat sie diese Worte gesagt, hat sie mit rauher, trockener Stimme hervorgestoßen, mit erschrockener Entschlossenheit. Ich fühle das Blut in den Schläfen, sicher bin ich rot, als hätte man mich geschlagen. Hat man mich denn nicht geschlagen? Mit Worten, die brennen; mit Worten aus diesem geliebten Munde, der sonst immer Heiterkeit spendet. War es eine Zurechtweisung oder eine Bitte, ein Vorwurf oder ein Notschrei? Gleichviel. Beschämt und schuldig stehe ich vor Anna Segher, vor unserer eleganten, kühlen, spielenden Anna Segher, die keinen von sich wegweist, keinen an sich heranläßt, dieses Rätsel von Selbstverständlichkeit, dieser Fall der Fälle, der so kompliziert ist, daß er ganz einfach scheint. Eine glatte Nuß, die keiner öffnet; jetzt hat sie ihren Kern gezeigt, rasch und scheu – ich durfte ihn sehen. Mir, ja mir hat sich die glatte Schale erschlossen. Warum mir?

Alles geht so rasch. Während Anna weiterschreitet, als ob nichts geschehen und gesagt worden wäre, steigt mir eine zweite Blutwelle in den Kopf, ein Strom warmen Glückes. »Anna!« sage ich laut und greife nach ihrem Arm. Sie wendet sich ruhig zurück, lächelt und sagt: »Komm! Wollen wir den Tee verplempern?« Dann schiebt sie ihren Arm in meinen.

Wir gehn im gleichen Schritt auf dem sandknirschenden Weg unter den Tannen talwärts, wir kommen zwischen den Wiesen zu den ersten Häusern, wir begegnen Menschen, biegen in die Promenade ein. Um uns ist plötzlich Lachen, Schwatzen, Grüßen, der trockene Hufschlag der Pferde auf dem Asphalt, das farbige Gewimmel der fünften Nachmittagsstunde. In mir ist stille, klare Heiterkeit.

Bei Canova sind natürlich alle Tische auf der gedeckten Terrasse belegt. Vorne am Gitter zur Promenade hin wird eben ein Platz frei, ein bevorzugter Platz, man sieht straßauf und -ab und wird gesehen. Ich dränge nach dem Gitter hin, der Platz gebührt Anna, ich weiß, daß sie ihn nie verschmäht, wenn er frei ist. Sie hält mich zurück und sagt leise: »Lieber heute nicht Schaubrot spielen!«

Ich blicke mich um. An der Gartenbrüstung Stuhl um Stuhl besetzt, nickende Köpfe, winkende Hände, fröhliche Zurufe. Dort hinten – die Nische ist frei, wie meistens. »Dann bleibt uns nur der Flüsterwinkel«, sage ich unentschlossen. Anna, ohne Zögern: »Ziehn wir uns in den Flüsterwinkel zurück. Dort ist man ungestört. Lassen wir die andern ruhig über uns flüstern.«

Sie geht voran, den engen Gang zwischen den Tischen hindurch. Hände strecken sich ihr entgegen, kurze Rufe empfangen sie, ein baumlanger Engländer erhebt sich und bietet ihr seinen Platz an: wie an einem Willkommspalier vorbei, das ländlich bunt mit Wimpeln und Papierblumen geschmückt ist, schreitet sie unangefochten dahin, kleine Parade der liebeknisternden Kameradschaft. Wie sie in der Flüsterecke Platz nimmt, fangen die Blicke seltsam an zu kreisen, scheinbar ziellos umschweifen sie uns, werfen sie Schlingen um uns, die sie plötzlich zuziehen, als könnten sie uns fangen: eine frischgebackene Sensation, die bis zum Abendessen warm bleibt und noch zum Bridge den lauen Gesprächsstoff liefert. Und die

Köpfe neigen sich über den Tischen zusammen, überall, wie auf Befehl. Eine Wolke von Flüstern schwebt über der Terrasse.

»Es hat gewirkt«, stellt Anna fest. Sie rührt lächelnd in ihrem dunkeln Tee und macht nun ihrerseits mit flinken Augen die Runde von Tisch zu Tisch, gründlich und ohne Erbarmen, und sie begleitet ihre Schau mit bissigen Bemerkungen. »Wie, Bassewitz schon wieder bei der Griechin? Sind denn schon wieder vierzehn Tage vorbei? So merkt man, daß die Zeit vergeht. Schau mal an, das schöne Wetter hat unsern portugiesischen Seehelden aus dem Schmollwinkel gelockt. Wissen Sie, ob er sein Strafmandat schon gezahlt hat? Gemeine Sache, Polizeibuße für einen feurigen Schuß in die schönen Waden einer ungetreuen Geliebten, während sie mit einem andern im offenen Wagen über die Promenade fährt. Gut getroffen, aber schlecht gezielt. Das Bein wurde geflickt, die Ehre hat nicht gelitten. Nun ja, ihm bezahlt's der Staat, die Spielschulden auch, das wird dem Arzt abgezogen. Fabelhaft die Schottin, was? Das nennt sich Selbsterhaltungstrieb. Wetten, sie überlebt den kleinen Baron Gall? Könnte übrigens seine Mutter sein. Ist es ja auch, wenn man genauer zusieht; das macht mir die Frau sympathisch. Hier oben fehlen die Mütter. Könnte man die Nachtgebete belauschen, die gestammelten und die verschwiegenen – oh Kinder!«

Sie neigt die Stirn und schlürft ihren Tee.

»Glaubst du, hier wird wirklich etwas verschwiegen?« frage ich.

»Das letzte schon, das allerletzte bestimmt«, sagt sie ernsthaft. »Darum ist alles, was hier gesprochen wird, nicht wichtig, nicht endgültig. Tratsch und harmloser Auswurf des Herzens, kein Grund zur Aufregung.«

»Und die viele Liebe?«

Anna blickt mich ruhig an. »Eine Zeitfrage, ein Problem der freien Zeit. Wie bringe ich meine Liegekur herum? Also ein Heilfaktor, sozusagen.«

»Lang lebe Anna, die Naturheilärztin! Man wird dir im Park ein Denkmal aufstellen, neben dem Erfinder der Liegekur.«

»Mein Denkmal wird anderswo stehn. Ich geh' ab und zu hin und schau mir den Ort an, wo es stehn soll. Ich werde dort die Gesellschaft haben, an die man sich hier gewöhnt hat. Aber sie wird schweigen. Und auch daran wird man sich gewöhnen.«

»Jetzt sag noch, daß es eine angenehme Abwechslung sein wird . . .«

»Nach all der Hemmungslosigkeit, die sich hier austobt – vielleicht. Diese Krankheit hebt jede Zurückhaltung auf. Beweis? Wo in aller Welt triffst du Engländer, die, ohne feierlich vorgestellt zu sein, eine Dame ansprechen würden? Hier! Und sogar deutsch. Mehr kannst du nicht verlangen.«

»Mehr verlangt kein Mensch, Anna. Ein wahrhaft schrankenloses Dasein. Nur eine Schranke, aber unsichtbar, ganz am Ende.«

»Darum das Tasten, die Unsicherheit des Anfängers. Ach wie sie uns leid tun, die ängstlichen Lämmer, die zum erstenmal auf die Weide getrieben werden. Wie blind gehen sie herum, immer in der Furcht, an die Schranke zu stoßen oder in den Abgrund zu stürzen. Bis sie das Gehen und Hüpfen gelernt haben. Bis ihnen die Bocksprünge geläufig sind. Bis sie sogar meinen, die Schranken überspringen zu können, die unsichtbare Schranke.«

Es ist still geworden zwischen uns. Anna hat die letzten Worte leise gesagt, wirklich geflüstert, wie es dem Winkel geziemt, in den wir uns zurückgezogen haben. Ihre Hand liegt ruhig auf dem Tisch und spielt mit dem weißen Leder, das so geheimnisvoll die Form ihres Armes und ihrer Finger in sich bewahrt hat, seltsam lebendiges Totsein, rührende Gebärde der Erinnerung.

»Ist nicht auch die Liebe ein Tasten nach dieser Schranke hin?« frage ich. Aber während ich frage, spüre ich bei Anna wieder die leise Regung der Abwehr, die innere Sperre, den Krampf. Ich bedaure meine Frage; sie ist in ihrer Banalität herausfordernd. Und wie Anna antwortet – richtig, natürlich, so und nicht anders mußte ihre Antwort lauten:

»Die Liebe – ?« sagt sie und klopft mit ihrem Löffel leise klirrend an den Rand der Tasse. »Meinst du gewisse sonderbare gesellschaftliche Beziehungen, wie sie hier Mode sind? Die unzeremoniell mit einem Besuch des Herrn im Schlafrock am Bett der Dame im Nebenzimmer beginnen und mit einem unverbindlichen Kopfnicken beider über die Teetassen hinweg beim Five o'clock im Kurhaus enden. Was dazwischen liegt, lassen wir liegen; es ist belanglos. Meinst du das?«

Ich bin verblüfft. Ihre Heftigkeit verschlägt mir den Atem. Das aber scheint sie noch mehr zu reizen. Sie wirft den Löffel auf den Teller und stößt heftige Worte hervor:

»Du lieber Gott, das heißt doch den Gaul verkehrt aufbäumen! Es gibt doch Gesetze, Spielregeln meinetwegen. Das hier ist Dilettantismus und unfair obendrein. Muß ich alte Frau das einem jungen Manne sagen?«

Nun lachen wir beide. Ihre Erregung hat sich gelöst, vielleicht kommt sie sich mit dieser Koketterie, die ihr sicher wider Willen entschlüpft ist, selber etwas komisch vor. Auf der Terrasse neigen sich wieder die Köpfe zueinander hin, schleichen wieder die Blicke um unsern Tisch.

»Konnte ich ahnen, daß die vielumschwärmte Anna noch nach solchen Komplimenten fischt . . .«

»Still«, sagte sie rasch, »darüber spricht man nicht. Hier gelten die Dienstjahre, sonst nichts. Du kommst noch gar nicht in Frage, mitzureden.«

Ich höre in ihrem Lachen den schrillen Unterton. Also doch Scherben, denk' ich bei mir. Man sollte aufräumen, wegschaffen. Hier ist etwas zerbrochen. Weiß sie es selber?

Als hörte sie meine Gedanken, antwortet sie ihnen: »Ich weiß, du verstehst mich nicht. Wer hier Liebe sagt, meint Flirt. Auch ich –.« Beschwörend hebt sie die Hand: »Doch, auch ich. Laß mich reden, wenn wir schon im Flüsterwinkel der Geständnisse sitzen. Du siehst mich schwatzhaft und bekenntnissüchtig wie alle andern, wenn der Rappel uns gepackt hat. Aber ich will nicht quatschen, was ich heute empfinde, sondern sagen, wie es war und wie es kam. Willst du mir zuhören?«

Jetzt ist mir so, als ob mir langsam eine Faust die Kehle zudrückte. Eine Angst, die schmerzliche Lust ist. Sprich! bettelt ein Wunsch in mir, der neugierig, raffgierig ist und stolz darauf, das Geheimnis um Anna Segher heute endlich wegzureißen wie einen Schleier, der ihm das Antlitz der Geliebten verbirgt. Schweig! fleht ein anderer

Wunsch, der fürchtet, daß es sonst vorbei ist, endgültig und hoffnungslos.

Aber schon spricht Anna Segher, und was sie sagt, klingt klar und hart wie ein Dementi, es verleugnet ihre ganze romantische Existenz, ihre postamenthafte Halbgöttlichkeit, und was übrig bleibt, ist ein Mensch, arm, krank, verurteilt wie wir, vielleicht ein wenig tapferer als wir und gewiß entschlossener, sein Urteil zu tragen – nun, hören wir ihr zu, sie hat schon angefangen, sie spricht:

»Daß ich in einem kleinen Städtchen aufgewachsen bin, weißt du. Man sieht es mir auch an, wenn man genauer hinzuschauen versteht. Es bleibt uns immer etwas von jener Atmosphäre haften, die in solchen Orten mufft, wo jeder den andern kennt und ihm auf die Finger sieht, ihn grüßt – oder nicht grüßt, je nachdem. Ich denke, es gibt mehr solcher Städtchen in der Schweiz als anderswo, und was verschlagen da die paar Großstädte viel? Die Luft über unserm Land wird in den kleinen Städtchen und großen Dörfern gebraut; Alpweide und Asphalt sind Beigewürze, Zugaben. Ich sag' das so, nicht um mich wichtig zu machen, mein Lieber, sondern weil unbedeutendes Leben nur vor diesem Hintergrund einen Sinn hat. Ich hab' oft und lang darüber nachgedacht; hier fehlt einem ja nicht die Zeit zur Kulturphilosophie.

Denk dir meine Kindheit so sorglos wie möglich, abgesehen natürlich von den liebevollen Quälereien, denen das einzige Kind wohlhabender oder doch auskömmlich gestellter Eltern ausgesetzt ist. Rings um meine ersten Erlebnisse standen die Berge, sie waren die Hüter meiner Wirklichkeit, im Traum sah ich oft das Meer. Als ich später einmal einige Wochen an seinem Saum lebte, der Vater hatte mich hinbeordert, wie man das bei uns nannte, weil mein Blut zu wünschen übrig ließ, da verlor ich mich in gefährlicher Weise an seine singende Weite, die meinen ganzen kleinen und von den Bergen geformten Mädchenleib überspülte und willenlos machte. Der Arzt konstatierte, daß mich die Jodkur gestärkt habe.

Willenlos, sage ich. Es sollte sich alsbald zeigen. Wir hatten in jenem Jahr einen neuen Lehrer bekommen, nicht gerade frisch vom Seminar, aber doch noch jung, unverbraucht, ein gelenkiger Bursche, allen Künsten und Spielen des Leibes zugetan, besonders den anstrengendsten und wagemutigsten, wozu ja in unserm Bergnest genügend Anlaß war. Wir nannten ihn unsern Typ; begreiflich, daß wir für ihn schwärmten, ebenso begreiflich, daß dies in einer spröden, nach außen hin eher abweisenden Form geschah. Da er nicht aus unserm Ort stammte, hatte er wenig Verbindungen, schien sie auch nicht zu suchen; ja, wenn man ihn Sonntag für Sonntag in den Gletschern und Gräten droben sah und im Winter auf Skiern, tage- und tagelang, so mußte man wohl begreifen, daß ihm nichts an Stammtischrunden, Einladungen zu Sonntagsbraten und Teekränzchen gelegen war. Es gab Leute, die ihm das übelnahmen.

Uns gegenüber zeigte er sich unbefangen, was vielleicht nicht ganz so leicht ist, wenn man die herausfordernde Art bedenkt, mit der Mädchen im reiferen Backfischalter gelegentlich ihre Verlegenheiten zu übertrumpfen versuchen. Daß wir auf ihn irgendwelchen Eindruck hätten machen können, bildete sich unsere Unerfahrenheit nicht ein. Wenn ich's heute überlege, weiß ich es anders, denn ich bin wirklich alt genug, um einzusehen, was für ein Gewicht die Natur mit solch einem taufrischen, kühlhäutigen, fleischzarten Apfel in die Wagschale der Männerverliebtheit legt.

Nun, wie dem sei, ich brauche mich nicht besser zu machen, als ich war, genug: eines Tages, kurz nach der Schlußfeier unserer Schulklasse und bevor ich ins Welschland fuhr, wo man mich diesmal um der Kochkunst und Lebensart willen hinbeordert hatte, erscheint unser Lehrer bei meinem Vater, der damals im Schulrat saß – wo sitzt ein braver Bürger nicht in einem Städtchen, das seine Männer nötig hat? – kommt unser Lehrer und fragt meinen Vater, der von ihm irgendwelche Erörterungen von Schulproblemen erwarten mochte, um die Hand seiner Tochter. Genau in dieser feierlichen Form, ich kriegte es bei der Suppe zu hören, der Vater nahm kein Blatt vor den Mund und erzählte mit Behagen und Laune alle Einzelheiten der kurzen Werbung, die ihm spaßhaft vorkam. Die Mutter sah mich mit langem Blick an und legte vorsichtig den Finger an ihre Lippe, aber der Vater fuhr mit der Hand in der Luft umher und sagte lächelnd: Soviel wird das Kind doch noch vertragen!

Ich vertrug es allerdings. Mir war, als ob ich einen Faustschlag irgendwo in den Nacken bekommen hätte, aber ich ertrug ihn ohne Schrei. Ich war bestürzt und schwieg. Nach dem Essen, ich seh' mich heute noch genau, stand ich lange vor dem Spiegel in meinem Zimmer. Was ich betrachtete, weiß ich nicht und wußte ich wohl auch damals nicht. Ich suchte etwas, in meinen Augen, hinter meiner Stirn, in meiner Brust; aber was? An eines erinnere ich mich: an das grünliche Licht, das der nahe Wald am Berghang durch das offene Fenster hereinspiegelte, und daß ich bleich und fremd für meine eigenen Augen in diesem grünen Lichte stand, wie eine Nixe tief im Wasser, auf das die Sommersonne brennt. So sagte ich damals zu mir, ich weiß es heute noch; ich muß also wohl noch sehr kindlich und von harmlosen Vorstellungen erfüllt gewesen sein, wenn eine Werbung nichts andres als Märchenbilder in mir weckte. Sie war natürlich von meinem Vater abgewiesen worden. Nicht unfreundlich, aber bestimmt, wie er zur Mutter sagte. Und nicht endgültig, sondern vorläufig, mindestens für ein Jahr. Ich sei noch ein Kind, und den jungen Mann kenne hier am Orte auch noch niemand so genau; eine Probezeit von einem Jahr sei angebracht und vorderhand das äußerste, was mein Vater zugestehen könne. Von mir selber war gar nicht die Rede bei diesen Verhandlungen und Abmachungen.

Ich sagte schon, ich war willenlos. Wie hätte ich sonst mich einer Maßnahme gefügt, die immerhin mit meiner Zustimmung rechnete, ohne sich ihrer im geringsten zu versichern? Wie wäre ich sonst, ohne den jungen Mann noch einmal zu sehen, von dem ich bloß einen schülerhaften Abschied genommen hatte, in meine welsche Haushaltungsschule gereist, und zwar beschleunigt, als gelte es meine Sicherheit? Ich tat alles, was man mir vorschrieb, mit einer Willenlosigkeit, die mir heute unerklärlich ist, und wie im Traum, immer das einschläfernde Singen des Meers um mich; ich war betäubt und die Besinnung kam mir erst in der Fremde.

Da aber war es schauerlich, wie Halt um Halt, Traum um Traum von mir abfiel. Mein Herz schuppte sich, war wund, lag bitter wie ein Salzblock in mir. Meine Gedanken schnurrten wie die Räder eines tollgewordenen Uhrwerks, bis ihre Verzahnung stumpf wurde und ihr Gewicht aus der Kette fiel. Ich schrieb nach Hause, regelmäßig jede Woche, aber ein einziges Mal schrieb ich von dem, was mich Tag und Nacht quälte, und daß ich glaube, den Mann zu lieben, der um mich geworben habe. Ich erhielt keine Antwort darauf. Ich schämte mich, daß ich es geschrieben hatte.

Du schaust mich an und willst mich fragen, warum ich nicht dem Manne selber schrieb, ihm ganz einfach sagte, wie es um mich stand. Es wäre das richtige gewesen, für mich die Erlösung aus meiner Starre, die mich inwendig zu zersetzen begann, und für ihn die letzte Rettung vor einem Wahn, der ihn befiel und von mir wegtrieb. Aber wie hätte ich das Richtige tun können, wie hätte ich zu einem Manne das sagen können, was der Mann mir nicht zu sagen gewagt hatte? Wer trug die Schuld? das hab' ich mich seither oft gefragt, und ich weiß keine Antwort.

Als ich nach einem Jahr heimkehrte, die Mutter hatte mich geholt und in ihrer unbeholfenen Art versucht, mich auf der Reise schon auszuforschen oder vorzubereiten, je nachdem, sie wußte sich wohl auch nicht recht zu helfen und war gewohnt, den Entscheiden des Vaters nicht vorzugreifen – daheim angekommen, Aug in Auge mit meinem Vater und von ihm besonders zärtlich in seiner etwas rauhen, rührenden Art empfangen, machte ich die erste und letzte Szene meines Lebens: ich forderte, meinen Geliebten sofort zu sehen, ich berief mich auf das vollendete Probejahr, auf das immerhin abgegebene Versprechen meines Vaters und auf meinen nun entschlossenen Willen, auf meine in der Einsamkeit gewachsene und unerschütterliche Liebe. Es waren große Worte, aber kleinere hätten es hier in Gottes Namen nicht getan, und ich habe sie nur ein einziges Mal gebraucht. Es war kein Mißbrauch.

Bestürzung, Heftigkeit und Milde bei meinen Eltern, die Mutter in Tränen, vom Vater endlich mit stockender, stoßender Stimme die Wahrheit, die in seinem Munde wie ein Vorwurf klang: Der junge Mann, immer schon verschlossen und ein unzutraulicher Einzelgänger – so sagte der Vater und so sagte er zu mir – sei gänzlich menschenscheu und absonderlich geworden, vielleicht habe ihn die Probezeit grundlos erschreckt, wer könne das wissen?, ihn in den Wahn getrieben, als werde er von jemandem beaufsichtigt, ja sogar verfolgt, als sei ihm sozusagen das ganze Städtchen aufsässig und auf den Fersen – kurz und gut, er zog sich mehr und mehr von uns zurück, die wir doch nicht den geringsten Span mit ihm hatten, im Gegenteil, er mied uns als ob wir die Pest hätten, floh auf Wochen in die Berge hinein, wohnte in verlassenen Hütten, einmal auch im Freien, in einer Felsrunse mitten im Winter, während der Schulzeit, notabene, ein Wildmann, ganz und gar aus den Fugen. Es ging nicht mehr. Er mußte seinen Abschied nehmen. Er verschwand.

Wo er sei? fragte ich schroff. Achselzucken, Schweigen. Ich wolle ihn sehen. Der Vater sagte: Den sieht keiner mehr wieder. Ich werde ihn suchen! schrie ich. Du findest ihn nicht, sagte der Vater, und nochmals: er ist verschwunden, hab' ich dir gesagt. Da zerbrach etwas in mir.

Vier Wochen später war ich hier oben, krank. Der Arzt zuckte die Achseln: Es muß sich langsam vorbereitet haben, ein plötzlicher Ausbruch von solcher Heftigkeit ist undenkbar. Ich war gleichgültig, lag zuerst ein ganzes Jahr im Bett, ein Muster an Geduld, leider nicht an Erfolg, dann versuchte man dies und das – alles! Nun, du weißt es ja. Ich blieb hier. Ich werde hier bleiben. Ich kann mir nicht denken, daß ich anderswo leben könnte. Ich glaube, meine Krankheit war der letzte anständige Ausweg für mich.«

»Anna!« stöhne ich. »Hat denn kein Arzt daran gedacht, dich dort zu heilen, wo du wirklich krank bist?«

Nun lächelt Anna, etwas nachsichtig, etwas müde. »Hier ist kein Irrtum. Neurose, meinst du? So einfach ist die Sache doch nicht. Und wenn sie es wäre – ich habe jetzt zu viel auf die andere Karte gesetzt. Eine Plastik wegsuggerieren? Ach nein!«

Ich schaue über die Terrasse, alle Tische sind leer, die Stühle stehn ungeordnet umher, als wären sie in einem heimlichen Gespräch überrascht worden, das augenblicklich verstummt, wenn man scharf hinsieht. Schluß mit dem Geflüster ...

»Anna«, frage ich hart, »hast du noch etwas von dem Mann gehört, der dich liebte?«

»Nichts«, sagt sie, »er ist verschwunden. Der Vater behielt recht. – Komm, wir sind die Letzten.«

Wir verlassen die Flüsterecke. Wir bezahlen und gehn. Die Promenade ist farblos, kühl, wie erloschen. Das ganze Tal liegt schon im Schatten. Die Sonne streift nur noch die hohen Weidhänge über dem Wald. Alles Licht hat sich in den glasgrünen Himmel zurückgezogen. Eine Kirchenglocke beginnt zu bimmeln.

BUNTER ABEND

Das ist die flaue Stunde, die weiche Stunde, gefährlich wie keine andre: zwischen Licht und Dunkel, die Stunde der Dämmerung. Noch schwingt die laute Saite des Tages klirrend in uns nach, noch hat nicht die Nacht ihre Hand darauf gelegt und den Ton gedämpft. In unserm Leib zittern noch die Reize des Lichts, das uns umspült und mit knisternden Wellen berieselt hat. Wir sind müde von der lächerlich geringen Anstrengung, wir strecken die Waffen und ergeben uns, wir kehren in unsre Krankheit zurück wie in ein bergendes Haus, das wir mutwillig verlassen haben. Es war schön draußen, wir werden morgen wieder durchbrennen, aber für heute nacht sind wir froh unterzukriechen. Es ist eine Demut in uns, die uns mürbe macht. Mit unverhohlener Genugtuung starren wir auf den Fiebermesser, er bringt keine Sensation, er hält sich in den Grenzen des Erlaubten, aber er läßt uns auch nicht im Stich, auf ihn ist Verlaß. Liebevoll klopfen wir ihn unter seine Leistung zurück, versorgen ihn vorsichtig, er soll sich nicht überanstrengen, er muß morgen wieder leistungsfähig sein. Fast ist es so, als ob er der Ruhe mehr bedürfte als wir, als ob ein Teil der Krankheit auf ihn übergegangen wäre und als ob wir ihn zu pflegen hätten, den armen, leicht fiebernden Däumling. Dann sinken wir erschöpft seufzend auf die harte Matratze zurück, deren leiseste Falte wir kennen und an die sich unser Körper mit gelöster Wollust schmiegt.

Flaue Stunde, gefährliche Stunde. Die Gedanken sind wie Sand, der durch die Finger sickert, die Sinne überwach und empfindlich, jeder Laut, Duft, Lichtblitz schmerzt. Es braucht nicht viel in dieser weichen Stunde, um uns ganz aus der Fassung zu bringen. Die wir sonst zwischen Fleisch und Nachtisch einen mißglückten Nervenschnitt in allen spannenden Einzelheiten genießen, ein leises Kitzeln am Zwerchfell und das Lachen im Hals über den verdutzt suchenden Arzt, der den Bindfaden nicht auf die Spule bekommt – uns erschreckt zu dieser Stunde im tiefsten Herren die fern verzischende Schlangenflucht des Bähnchens, das im Talboden dem Bach entlang zum See hinüber kriecht und dort zwischen den dunkeln Tannen verschwindet. Lächerliches Bähnchen, ein Spielzeug für Kinder mit seinen drei Wagen, ein fetter Wurm im grünen Gras, die Berge stehen hoch und breit und hören sein eiliges Keuchen nicht, aber wir hören es und es tut uns weh, jedesmal geht ein Stück Herzklopfen mit seinem pochenden Rollen weg von uns, über den waldigen Seeriegel hinab ins Tal und ins Unterland, und wir bleiben ärmer zurück, bestohlen um einen Schimmer von Sehnsucht, der in der Ferne ziellos verloren geht.

Gefährliche Stunde, in der die Entschlüsse der Ungeduld und der Mutlosigkeit reifen wie schillernde Blüten im stockenden Sumpftümpel. Man sollte diese Stunde streichen können aus dem Plan des Tages, hier hat das Leben ein Loch, durch das die Verzweiflung grau hereingrinst.

Dankbar ist man wahrlich schon für das Knacken der Doppeltür, das die lähmende Stille unterbricht. Das Ohr trinkt durstig den Ton, der den Besuch verrät. Zwei Schritte im Zimmer, die vorsichtige Sohle der Schwester, leises Rauschen ihrer Schürze, und jetzt ihre Stimme: »Sie möchten doch rasch zum Doktor hinaufgehn.«

Ein Sprung vom Liegestuhl, ein taumelnder Griff nach irgendeinem Kleidungsstück. Die Gedanken durcheinander: Warum? Ich war doch vorgestern? So spät am Abend? Die Tabelle mitnehmen? Treppe, Korridor, viele Türen, die letzte links: »Herein!«

Im dämmerigen Licht wendet sich eine hohe Gestalt, weiß aufgebauscht, langsam herum und macht eine andeutende Bewegung mit dem Arm nach dem dunkeln Rahmen hin, der auf dem Schränkchen mit den vielen Fächern und den aufgeklebten Zetteln steht. Im Rahmen, von rückwärts her matt erleuchtet, schimmert silbergrau ein Bild, undeutliche Flecken und Kurven, hellere Bahnen durch schattige Nebel, eine abstrakte Komposition aus Linien, Kreisen und Flächen, fesselnd, unverständlich.

»Ich stehe eben vor unserm Bild«, sagt eine ruhige, trockene Stimme. »Wir haben einige Fortschritte gemacht.«

Soll man sich dankend verbeugen? fährt es mir durch den Sinn. Ich räuspere mich, trete näher und betrachte unser Bild. Die Stimme läßt mir Zeit. Es ist, als ob sie sich an meiner Verlegenheit weide. Aber man ist längst nicht mehr verlegen, man kennt ja doch den harmlosen Bluff, es ist immer dasselbe: dieses schwanke Gerüst eines Miniaturwolkenkratzers. Hier der Hauptpfeiler, im Innern des Gebäudes errichtet, wie Le Corbusier es lehrt, beidseitig ausladende

Rampen in Stromlinienform, der First leicht geneigt, das Ganze locker und lose gefügt, ein Spiel souveräner Technik. Aber natürlich keine ganz scharfe Aufnahme: gleitende Schatten, huschende Lichter den Gerüstbalken entlang, Wolkengebrodel zwischen den Stockwerken, ein Helldunkel auf und ab, Beleuchtungseffekte, gar nicht sachlich nüchtern, Trick, Montage, mein Herr.

Ein behaarter Zeigefinger stößt im dritten Stockwerk gegen die centrale Wendeltreppe vor, die Stimme erklärt: »Hier ist es noch immer nicht ganz sauber.« In der Tat, hier liegt ein matter Schatten zwischen dem Gebälk, ein dumpfer Fleck, flockig und flaumig, es ist wie der fliegende Schatten einer flüchtigen Wolke, der sich in dem blinkenden Bauwerk verloren hat, hangen und kleben geblieben ist und nun langsam, langsam eintrocknet.

»Eine Infiltration«, sagt die Stimme. Richtig, so sieht das aus. Mit rechten Dingen ist das niemals zugegangen. So breitet sich der Schwamm in alten Schlössern aus, vom schimmeligen Weinkeller mit seinem süßlichen Duft durch die meterdicken Mauern bis hinauf in die Ahnengalerie mit den bauchigen Rüstungen und dem rußigen Kamin. Aber hier! Ein blankes Baugerüst, ein luftiger Turm, eine blitzende Achterbahn in schwindligen Wiederholungen: wie setzt sich hier Schimmel an und Wolkengeflock? Wie breitet hier ein Schwamm sich aus?

»Wahrscheinlich eine Reizung«, sagt die Stimme. Nun wohl, man kann es immerhin so nennen, kann es reizend finden, es reizt zum Nachdenken. Hat nicht Karin Silfverstrand ihre Freunde mit einer Innenaufnahme überrascht, die oben über den zarten Schulterblättern und dem verblassenden Schlüsselbein die enggefügten Glieder ihrer Halskette aufwies? Frei schwebte das Schmuckgebilde in der Luft, über den matten Rippen, die den Atem anzuhalten schienen, ein gespenstiger Spuk, ein Fakirzauber. Man sah die Halskette, vorne leicht gesenkt, aber man sah nicht, worauf sie ruhte, weich und warm, man mußte es sich denken. Es war reizend und raffiniert, ein zarter Einfall von Karin, und entgegenkommend vom Assistenten der Flimmerbude, ihr mehrere Kopien zu verabfolgen, die sie verschenken konnte, mit Unterschrift und Datum.

»Trotzdem dürfen wir uns auf eine Trennung vorbereiten«, sagt die Stimme, die sich auf Gummisohlen von mir entfernt hat. Pause.

»Wie?« frage ich.

Die Stimme erreicht kaum mehr mein Ohr, es ist wie beim Radio, wenn der Ton wegrutscht. Ich höre scharf hin, und da bricht die Stimme überlaut in mich herein: »Nicht heute, nicht übermorgen, aber im Herbst vielleicht, wenn der Winter kommt. Wollen wir's versuchen? Es ist nämlich ein Versuch, wer könnte was garantieren! Nun, Kopf hoch und Danke, Herr Doktor, gern/«

Echo, dumpf und dünn: »Danke, Herr Doktor.« Ich überlege bei mir: Das war meine Stimme; also bin ich wohl einverstanden? Oder überrumpelt? Nicht heute, nicht übermorgen. Kommt Zeit, kommt Rat. Man wird sich auch daran gewöhnen. Bloß ruhig jetzt; es kam auch nicht alles immer so, wie der Doktor es voraussagte. Mit Wolf zum Beispiel, vor einem Jahr – zog der nicht auch ins Unterland, nach Hamburg sogar, und liegt jetzt wieder hier, tief in den Laken?

»Noch eines«, sagt die Stimme und klingt jetzt wieder ganz nah. »Da ist unser kleiner Wolf. Es geht ihm nicht besonders. Würden Sie mal bei ihm reinsehen? Er ließ heute bei der Visite durchblicken, daß ihm Ihre Anwesenheit erwünscht wäre. Sonderbarer Wunsch, nicht wahr? Tun Sie's ihm zuliebe. Na schön. Wiedersehen.«

Draußen steh' ich, in dem hell gebohnten Korridor, und gehe langsam und benommen an den vielen Türen vorbei zur Treppe. Fort von hier, ins Unterland, heim? So also nimmt sich das in Wirklichkeit aus. Das Herz bullert ein wenig, sehr verspätet, als käme es erst jetzt zur Besinnung. Die Sache will überlegt sein, reiflich überdacht. Unsinn! Getan will sie sein, gewagt und getan. Leichter gesagt als gewagt. Am besten, vorläufig nichts zu sagen; abwarten, ob der Beschluß ernst gemeint ist. Es kommt auf das Bild an, auf den Wolkenschatten im dritten Stock. Wenn das Bild gesund wird – wenn!

Ich trete in den Speisesaal, wo sie schon alle sitzen. Die Türe, allzu hastig aufgestoßen, klirrt widerstrebend. Alle blicken vom Teller auf, kurz und mürrisch, und neigen wieder das Gesicht dem Teller zu. Nur Anna Segher, vorne rechts beim Fenster, hält ihren Blick lange auf mich geheftet, schaut mir zu, während ich durch den Saal an meinen Tisch gehe, mich setze, nach der Zeitung und dem Löffel greife. Ich spüre ihren ruhigen Blick, er ist ernster als ihr Mund, er fragt: was ist los? Aber ich kann ihm nicht antworten, jetzt nicht.

Man wird Anna Segher also nicht mehr sehn, nicht mehr die andern alle, nicht die Berge und die Wolken. Man wird sich einsam vorkommen, verlassen und fremd. Wird man sich dort unten wieder zurechtfinden? Anna, wie lebt man in jener andern Welt, fern von hier, fern von dir?

Ein Teller Suppe, ein Stück Brot, fünfzehn Tropfen Kalk, brr! Dann die Depeschen . . .

Mein Nachbar am Nebentisch räuspert sich laut, sein diskretes Aufstoßen geht in ein schnaubendes Seufzen über. Er schiebt den leeren Teller weit von sich und zieht seine dicke, große Zeitung heran, deren schmale Spalten er mit dem Bleistift rasch durchgeht. Bei den Börsenkursen stopt der angekaute Stift und tickt von Zeile zu Zeile mit der Regelmäßigkeit einer Registriermaschine. Ab und zu kritzelt er ein Zeichen an den Rand, Plus und Minus, wohl auch eine Zahl. Und bevor die Spalte nicht gründlich und gewissenhaft durchgearbeitet ist, wird nicht weiter gegessen; Olga weiß dies und schaut abwartend aus der Ferne zu, bevor sie mit der Platte herbeischwebt. Während Mister Phips im Gemüse herumstochert, gründlich und gewissenhaft wie soeben in den Börsenkursen, fragt er laut: »Olga, wie nennen Sie dieses Fleisch?«

»Nierenbraten, Mister Phips«, sagt Olga und kichert diskret.

»Danke, dieses Wort kenne ich schon«, stellt Mister Phips fest und legt klirrend das Besteck in die Schüssel zurück. Olga entschwebt zu andern Tischen.

Man muß mit Mister Phips' Wißbegier Nachsicht üben. Sie ist nicht zwecklos und deshalb keine überflüssige Beanspruchung seiner Mitmenschen. Sobald Mister Phips sein Gemüse gegessen hat, wird er sich wieder seiner Zeitung zuwenden, aber diesmal der Spalte mit den Kreuzworträtseln und ähnlichen lexikologischen Geduldsprüfungen, und wer kann wissen, ob er dann nicht für seinen Nierenbraten Verwendung hat, die einzig zulässige Verwendung, die dem nicht Fleisch verzehrenden Schlächter aus Chicago erlaubt und zugemessen ist? Denn Mister Phips, den ein unergründliches Schicksal in den sogenannten besten Jahren aus einer äußerst geschäftigen und auch erfolgreichen Tätigkeit in den quiekenden, blökenden, blutrauchenden Schlachthöfen, die er ohne viel Umschweife seine Wurstfabrik nennt, herausgerissen und auf den

Schragen einer asketischen Hochgebirgseinsiedelei geworfen hat, wo er bei salzloser Gemüsekost sich vorwiegend geistig unterhalten soll – Mister Phips hat von seinem früheren zu seinem jetzigen Leben einen Schritt getan, dessen geringstes Maß der Abstand von einem Kontinent zum andern ist. Mit seinen blanken, unverbrauchten Aeuglein im faltigen, leider immer noch lehmgrauen Gesicht hat er sich an die neue Arbeit gemacht, die ihm nicht verboten ist: Bildung sich anzueignen.

Oh, nicht jene weltfremde Bildung, wie sein Sohn in Chicago dieses zwei- oder sogar vieldeutige Wort versteht, der sich der Entzifferung alter Inka-Zeichenschriften zugewendet hat; wer zieht daraus Gewinn, wem nützen solche Spielereien? Nun, er kann es sich leisten, der junge Herr, auch wenn sein Vater hier müßig geht; die Hammel und Schweine wollen trotzdem verarbeitet, die Menschen gesättigt sein, auch wenn Mister Phips durch widrige Umstände weiterhin gezwungen ist, seiner Bildung obzuliegen. Was er denn, abgesehen von seiner nur langsam sich entwickelnden Krankheit, der er ebenfalls gewissenhaft obliegt, darunter versteht? Well, Wörter lernen, möglichst viele Wörter, und durch sie die Welt erfassen, eine möglichst große Welt. Es fing an damit, daß Mister Phips eines jener Kreuz- und Quergebilde aus weißen und schwarzen Rechtecken zu sehen kriegte, ein Mysterium, das ihm verschlossen war und ihn deshalb mit magischer Gewalt anzog. Vielleicht erinnerte ihn die Zeichnung an einen Uebersichtsplan seines Schlachthofs, an ein Konkurrenzunternehmen oder an den Neubau des Logenhauses, zu dem er eine erkleckliche Summe gespendet hatte. Wie dem immer sei, er fragte kurzerhand, was dieser Schwarzweißzauber bedeute. Man erklärte es ihm, versuchte es ihm zu erklären, was sich als nicht so einfach erwies, obschon Mister Phips einfach zu denken gewohnt war. Wörter, gut, das war klar, die brauchte man, um sich auszudrücken, um Geschäfte abzuschließen, den Preis zu drücken, den Konkurrenten übers Ohr zu hauen, aber um damit Häuser zu bauen, Sterne zu pflastern und, um die Weihnachtszeit, Christbäume zu stopfen, das war offensichtlicher Mißbrauch, und zwar nach Regeln, die ihm unverständlich und darum verdächtig blieben.

Hier fand einer der Boys das richtige Losungswort, das Mister Phips neue Wege wies. Wenn man genauer hinhorchte, so machten sich zwar die englischen Burschen unverhohlen lustig über Mister Phips, über seinen amerikanischen Slang, über seinen zur Zeit und Unzeit eingestandenen Beruf, am meisten aber über die ausgetretenen Hausschuhe, in denen er sogar zum Abendbrot im Speisesaal erschien. Mister Phips war unempfindlich, er hörte über die Andeutungen hinweg und ließ die Witze dort liegen, wo sie hingefallen waren. Die Rolle eines zahlenden Onkels, die ihm die Boys trotz ihrer gesellschaftlichen Ueberlegenheit zuvorkommend einräumten, spielte er mit Grazie und Ausdauer. Und bei einem Sektgelage, als die Karten eine Weile ruhten und die gewonnenen Geldhäufchen in den Hosentaschen der Boys verschwunden waren, zog der lange Georgie, Oxfordmann und dreifacher Baseballmeister, ohne böse Absicht die dicke Zeitung, die neben Mister Phips lag, über den Tisch zu sich und versenkte sich in die hilflosen Schreibereien, die kreuz und quer über die Quadrate liefen. »Sie werden in dieser Wissenschaft promovieren, Mister Phips?« fragte er zuvorkommend. Die Bande lachte, aber Mister Phips blieb ernst. »Lohnt es sich?« fragte er zurück, und man wußte nicht recht, ob er zu einem Gegenschlag ausholte. »Well, wer viel weiß, weiß mehr, als wer wenig weiß«, sagte schlicht der Oxforder, reckte die Glieder und stand auf.

Diese Erklärung, die in der Verlegenheit aus der Luft gegriffen war, verlieh mit einemmal dem Kreuzworträtsel eine Weihe, die das Auge des Chicagoschlächters blendete. Hier war ein Vorteil unwiderlegbar dargetan, ein Zweck und ein Grund zugleich: Wissen gab eine Chance, Wissen war Macht. Wer von ihr mehr besaß, war dem überlegen, der wenig sein eigen nannte. Und da diese Wissenschaft auf zähe Weise, durch unermüdliches Nachfragen und Nachschlagen erreichbar war, stand für Mister Phips nichts im Wege, sich zu vervollkommnen. Was ihm früher unerschwinglich vorkam: Zeit, die war hier billig im Preis. Er schaffte sich eine ausgewählte Bibliothek von Wörterbüchern in mehreren Sprachen, ein beredtes Konversationslexikon und einen großen Atlas an, er legte jegliche Scheu ab und lernte fragen, fragen und nochmals fragen, kurz, er ergab sich mit dem Eifer des Spätbekehrten der schwarzweißen Magie.

Seltsames Spiel, das ihn bald ganz besaß wie eine Leidenschaft! Jagd nach dem Wort, Griff nach allen Dingen dieser Erde und des Himmels im Wort, Besitz aller Schätze dieser Welt durch das Wort:

ist es nicht vielleicht eine Sucht, die in unserm luftdünnen Lebensraum herrliche Entfaltungsmöglichkeiten findet? Wer hätte dem Schlächter aus Chicago noch vor Jahresfrist den Begriff des abstrakten Daseins vortragen wollen, ja wer hätte gewagt, die Existenz einer bloß gedachten Welt, einer nicht greifbaren, wandelbaren, kaufbaren Welt zu behaupten oder zu beweisen? Und nun lebt er selber in dieser Welt, wenn man so sagen darf, und sie ist ihm zum Trost geworden, eine Zuflucht und ein Heim, in dem er sich verstecken und verlieren und die andere Welt vergessen darf. Gründlich und selig vergessen; das beweist doch wohl die Frage, die er mit harmlosen Aeuglein aus dem grauen Faltengesicht kürzlich an die Bande richtete: »Können mir die Herren«, .sagt er und zeigt mit dem angekauten Bleistift auf eine Zeile noch leerer Gehäuse, »können Sie mir einen Kurort im schweizerischen Hochgebirge nennen? Fünf Buchstaben sollte er haben, D am Anfang, soviel steht fest.«

Die Bande brüllt los. Mister Phips schaut beharrlich bittend vom einen zum andern. »Nun?« fragt er nochmals. Endlich erbarmt man sich seiner und zieht wortlos die Kurkarte aus der Tasche. Da steht der Name drauf, der uns allen ein Schicksal ist. »Well, ich hätte ihn kennen müssen«, sagt Mister Phips und buchstabiert ihn zwischen das Gitter seines Kreuzworträtsels.

Nicht jedem gelingt das Yoga der Entrückung aus der eigenen Wirklichkeit so gut wie dem Schlächtermeister. Wir sind Lehrlinge, alle, Zauberlehrlinge sind wir; aber es gibt auch hier Begabungen und es bedarf auch hier der Gnade. Mister Phips ist von ihr gesegnet worden; wer hätte ihn für würdig gehalten? Er selber am wenigsten, er ahnt auch heute nichts, er trägt den Segen im Zustand der Unschuld, ihm ist die Hexenmeisterschaft geschenkt worden. Vielleicht ist sie anders auch gar nicht zu erlangen?

Nachtisch, wiederum Pudding, zur Abrundung des Charakterbildes: morgen muß ich auf die Wage. Ich darf jetzt nichts mehr verlieren, wenn ich im Herbst reisen will. Ach, will! Wer sagt denn, daß ich will?

Im Korridor, an den kalten Heizkörper gelehnt, steht Anna Segher und hält Cercle. Ihre Augen winken mich heran. »Hier ist die Rede von einer Verletzung der gesetzlich vorgeschriebenen Ruhezeit. Auf dem Verbrechen steht Strafe und Schadenersatz. Angeklagt sind die beiden Jungs aus Köln und Mainz, die sich immer schon unbotmäßig hervorgetan haben und die heute wieder, während alles schlafen gegangen war, vor dem Hause Krokett spielten. Die Anklage wird erhoben – wer hat Anklage erhoben?«

»Frau Tomaschek!« Wilder Lärm, Lachen, Händeschwenken. »Frau Tomaschek soll reden. Ruhe.«

Sie redet, nachdem sie mit ängstlichen Augen von Mund zu Mund geschaut hat, ob alle schweigen. Da sie schwerhörig ist, spricht sie doppelt deutlich. »Ich finde, daß die beiden Jungs richtig Kur machen sollen, wie wir andern auch.«

Geschrei, Geheul: »Kur machen, wem denn, Frau Tomaschek?«

Sie, verwirrt: »Jawohl, Kur machen, finde ich. Zahlen nicht ihre Eltern teures Geld, damit die Herren Söhne hier gesund werden?«

Betretenes Schweigen. Frau Tomaschek ist unmöglich. Spaß versteht sie nicht, Ernst noch weniger. Man wendet sich von ihr ab. Sie erhebt die Stimme und kräht noch lauter, während sie mit flehenden Augen rundum blickt: »Auch mag ich dieses Spiel nicht leiden. Wenn ich von meinem Balkon zuschaue, wie sie da eine Kugel herumschieben, vom Anfang zum Ende und vom Ende wieder zurück zum Anfang –«

Proteste: »Aber das verstehn Sie nicht, Frau Tomaschek! Die Spielregeln, der sichere Schlag, treffen muß man!«

Sie blickt hilflos auf die offenen Münder, die ihr etwas zuschreien. Sie stammelt: »Was denn? Was ist denn los?«

»Ob Sie sich in Ihrer Ruhe gestört fühlten, auf die Sie ein ärztlich attestiertes Anrecht haben, das wollen wir wissen«, fragt eine Stimme sehr streng, nahe bei ihrem Ohr.

Entsetzen steigt in Frau Tomascheks Augen. »Aber nein! Nein doch, wieso denn? Ich höre doch nicht, ob einer da unten auf dem Rasen herumrast und eine Kugel vor sich hinschiebt. Das hör' ich doch nicht! Wieso stören? Ich kann doch schlafen, wenn's gewittert. Ich hör' doch meinen Mann nie heimkommen. Wie? Na, ja, heimkommen, in Budweis mein ich. Aber zuschauen, das ist entsetzlich. Wenn ich zufällig runterschau und seh' die Jungs herumgehn, immerfort vom Anfang bis zum Ende und wieder zurück vom Ende

bis zum Anfang, und das hört nie auf und immer muß man zusehn,
ob man will oder nicht. Junge Menschen, ich bitte Sie, Jungs, die
hier doch zur Kur sind . . .«

Frau Tomaschek sieht, wie der Kreis um sie sich lichtet. Naja, wer
mag da noch zuhören? Sie schüttelt betrübt den Kopf. Nun nehmen
die Jungs sie auf beiden Seiten unter den Arm. Sie sträubt sich
quietschend. Der eine brüllt ihr links ins Ohr: »Zur Strafe: eine
Runde!« Der andre rechts: »Zum Wohl von Frau Tomaschek!« Und
sie ziehn mit ihr los in den Saal.

»Arme Frau Tomaschek«, sagt Anna leise. »Sie hat nicht die Geduld. Vom Anfang bis zum Ende, vom Ende bis zum Anfang! Ganz
zornig sagt sie das. Sie weiß noch nicht, daß das Ende der Anfang
ist. Sie kennt nicht das Geheimnis der Heilung.«

Es ist plötzlich still geworden im Korridor. Aus dem Saal tönt ge-
dämpfter Lärm. Man erkennt Frau Tomascheks gurgelndes Lachen
aus dem Stimmengewirr. »Ihre Abneigung gegen den Verlauf dieses Spiels«, füge ich nach einer Weile zögernd hinzu, »ist es nicht
vielleicht der eingeborne Abscheu vor dem Zeichen der liegenden
Acht? Die Angst vor der Unendlichkeit?«

Anna lächelt nachsichtig, wie zu einem Trost, der allzu weit her-
geholt ist. »Du gehst schon?« fragt sie rasch, wie ich auf den Knopf
beim Lift drücke.

»Zu Wolf«, sage ich.

Da wird ihr Gesicht ganz ernst und ruhig, wie von innen hell und
aufgetan.

»Wie steht's mit ihm? Anna, warst du bei ihm? Du weißt etwas?«

Sie hebt leicht die Hand und winkt mir zu, wortlos, während sie
sich zum Saal wendet. Ich trete in den Lift und fahre hinauf.

Wolfs Bett steht tief in der inneren Ecke des Zimmers, man muß
die Türe ganz öffnen und eintreten, ehe man sieht, ob er daheim ist.
Ach, wie sollte er nicht! Bei mildem Wetter schiebt die Schwester
sein Bett für ein paar Stunden auf den Balkon hinaus, aber die frische Luft und die zudringliche Sonne machen ihn so müde, daß er
lieber in seiner Zimmerecke bleibt, zwischen seinen Büchern und
Bildern.

Hoch aufgebettet in den hellen Kissen unter der brennenden Lampe neigt sich sein schlanker Leib leicht und lauschend dem Besucher zu, dessen Schritt er kennt, dessen Art, die Türe aufzustoßen, ihm vertraut ist. Sein schmales Gesicht lacht aus den dunkelbraunen Augen unter der großen Locke, die ihm quer über die Stirn bis fast auf die Braue fällt. Ist er nicht eitel, der Bursche, weiß er nicht genau, wie hübsch er ist, wie hübsch ihn die Krankheit gemacht hat, indem sie seine Haut immer zarter über die Knochen des Kinns und der Stirne zieht und in seine Augen den Goldglanz des Fiebers streut? Braucht er nicht ab und zu den kleinen Handspiegel, der da mit silbernem Griff ganz harmlos, ganz unverschämt neben ihm auf dem Tischchen liegt, zwischen Photographien, Bleistiften und Notizheften? Und schabt er sich nicht täglich die glatte Haut und ließ er nicht den Barbier kommen, als ihm die Kraft fehlte, es selber zu tun? Die Schwestern schütteln voll Sorge den Kopf über soviel Sauberkeit des hinfälligen Leibes und auf ihren stummen Lippen liegt eine eisige Mahnung, die seine Augen betörend hinwegschmelzen.

Er winkt mir kurz mit der Hand zu, mit dem honiggelben Buch vielmehr, das sie hält und in dem sein Zeigefinger eingeklemmt ist. Er weist auf den freien Stuhl am Bettende und spricht eindringlich, als hätten wir seit Stunden über der Frage gegrübelt, und mit der weichen Beharrlichkeit seiner Stimme auf mich ein:

»Die Existenz der Dinge an sich wird also von Kant bejaht, nur die Erkenntnis ihrer Gesetze wird verneint. Die Dinge existieren außerhalb meines Begriffes von ihnen. Mein Verstand vermag sie nicht zu erkennen und schreibt ihnen keine Regel vor. Anders ist der vierzehnte Paragraph nicht zu verstehen; Fichte hat ihn eben in Gottes Namen falsch interpretiert, als er von der Natur als von einer Konstruktion aus dem bloßen Selbstbewußtsein ohne gegebenen Stoff sprach. Das fand Kant mit Recht gespenstisch, mochte ihn Fichte dafür immerhin bloß einen Dreiviertelskopf schelten!«

Er lehnt sich in die Kissen zurück und schaut mich so freudig an, als erwarte er von mir den Gegenbeweis. »Zum Teufel, Wolf«, stammle ich und greife nach dem Buch, das seine Hand auf die Decke geworfen hat, »ach so! Aber ich kann doch die Prolegomena nicht auswendig. Sie müssen schon entschuldigen.«

»Verlangt auch kein Mensch von Ihnen«, sagt Wolf ruhig, »nicht einmal, daß Sie darin lesen. Ich tus auch nur, um dem alten Professor die Freude zu machen. Er will mich noch im Bett zur Philosophie bekehren. Gut, wenn ihn die Mühe nicht reut. Ich verpaß ja derweilen nichts Spannenderes.«

Er legt die Hand auf seine Stirn, lange Finger mit blassen Nägeln, er streicht die Locke langsam zur Seite und fährt mit seiner singenden Stimme fort: »Es ist gar nicht schwer, den strengen Herrn zu verstehen; hier oben in der dünnen Luft behält er rascher recht als drunten. Die Dinge außerhalb meines Begriffs von ihnen: das nenn ich reinlich geschieden. Es ist ein Spruch ins Stammbuch, eine goldne Lebensregel, man kann alt und glücklich werden, wenn man sie nicht mehr vergißt.«

»Ließen Sie mich rufen, um mir dies zu sagen, Wolf?« frage ich ihn leise. Ich sehe mit Schrecken, daß er Fieber hat; ich darf nicht lang bei ihm verweilen.

Er bleibt stumm. Es ist, wie wenn man eine andere Farbscheibe vor den Scheinwerfer schiebt. Seine Augen sind dunkel geworden, sie brennen dunkel und schauen mich heftig an. »Nein«, stößt er endlich hervor, »ich schwatze zu Ihnen, als ob ich allein wäre. Verzeihung, man gewöhnt sich schon recht schlechte Sitten an. Wenn ich tagelang – und nächtelang – mit mir selber eingesperrt bin, was soll ich anderes tun, als mich mit mir unterhalten? Wissen Sie, daß ich manchmal so zu mir rede, als ob ich ein andrer wäre? Daß ich mich manchmal begrüße wie einen fernen Bekannten, wie einen Freund, der mir vor Jahren abhanden gekommen ist?«

Ich zucke die Achseln. »Bewußtseinsspaltung, offenbar zum Zweck der Unterhaltung«, stelle ich fest. »Unsere Krankheit hat sozusagen auch eine innere Seite.«

»Das wissen sogar unsre Aerzte«, sagt Wolf. »Darum lassen sie ihre Lieblinge Strümpfe stopfen und Pullover stricken. Ich wünschte, ich verstünde das Stopfen; aber man hat es mich nicht lehren wollen, man hat es den armen Weiblein vorbehalten und uns blieb die Reifeprüfung samt nachheriger Kritik der Vernunft und Bewußtseinsspaltung. Aber man kann es auch darin zu etwas bringen.«

Seine Stimme hat wieder den ruhigen Singklang, sein Blick geht an mir vorbei zur Wand hinüber und bleibt dort wie gebannt haften. »Mein Bruder«, murmelt er, »mein kluger Bruder!«

Ich wende ärgerlich den Kopf zur Wand. Mit forschenden Augen betrachtet mich Fra Angelicos schweigsamer Mönch, den Zeigefinger auf den Lippen, das große Geheimnis im Hintergrund des Blicks. Eine Weile sind wir alle stumm. Dann spricht Wolf: »Ich habe mir noch im Frühling nichts sehnlicher gewünscht, als diesen Schweiger in seinem Kloster aufzusuchen. Reisen, schauen, erleben! Ich habe so wenig gesehen . . . Venedig, kennen Sie Venedig? Assisi, Rom. Mein Vater versprach mir Rom, wenn ich die Reifeprüfung bestanden hätte. Und jetzt? Ich habe ihn nicht einmal im Spaß daran erinnern mögen, so gleichgültig läßt mich der Verzicht. Statt zu ihm« – er nickt mit dem Kopf zum Mönch an der Wand hin – »bin ich zu mir selber gekommen. Manchmal lege ich mir den Finger auf die Lippen – so – und betrachte mich im Spiegel. Können Sie das verstehn?«

Er hat jetzt wieder sein strahlendes Lächeln in den Augen. Er tastet mit der Hand nach dem Spiegel, läßt es dann bleiben. Die Hand liegt auf dem Linnen, müde.

»Es gehört Mut dazu, sich selber begegnen zu wollen«, sage ich.

»Mut? Vielleicht. Aber sicher auch Glück. Es gehört Glück dazu. Wo sollen wir uns selber begegnen in der lärmend tollen Massenflucht, die uns drunten in Atem hält? Aber wenn uns der Atem ausgeht, wenn wir atemlos in unsre Zellen einziehn, wenn wir zu uns kommen, wieder zu uns – das ist doch Glück, oder nicht?«

»Sie besingen die Selbstsucht, Wolf!« drohe ich lachend. »Sie sind kein soziales Geschöpf Sie stammen aus einem Zeitalter, das vorbei und begraben ist, aus dem Passé défini.«

Er blickt ernst auf mich. »Warum soll das nicht gerade ein Glück sein, für uns hier oben aufgespart? Damit es nicht weggeschwemmt werde aus dieser Welt, die in Katarakten dahinstürmt. Nicht ausgerottet von den Dampfschwaden des Kollektivwahns, der das Tiefland vergast. Ist das nicht Glück?«

Wie ein Prediger, über den der Geist der Verkündigung gekommen ist, wie ein fanatischer Prophet ohne Bart und Runzeln spricht der fiebernde Knabe aus seiner Kissenwüste heraus. Er hebt die schlanke Hand, der Aermel fällt über einem mageren Arm zurück, die Finger tragen ein unsichtbares Licht und heben es tröstlich empor. Die knochigen Wangen erglühn, über die Stirn gucken die Gedanken wie knisternde Funken, er ist schön und unheimlich in seiner Glut. Er spricht:

»Heute sind die banalen Wahrheiten vom Untergang des Abendlandes jedem anspruchslosesten Gemüt geläufig, aber wie wenige bedenken in ihrem Sinn die Rettung Europas! Untergang: das ist bloß eine technische Frage, der Weg dazu ist uns bereitet, wir haben ihn nur zu beschreiten, nur auf ihm weiter zu gehn, so kommen wir schon ans Ziel, nichts einfacher als dies. Aber Rettung: das ist der Widersinn, die Umkehr und Abwendung, das gewollte Wunder. Dieses üppige Gewächs, das Gott auf dem kleinen europäischen Kap der eitlen Hoffnung vor dem Festland Asien hat blühen lassen, kann sich mit Blut düngen, soviel es mag, es wird doch nicht bestehen, wenn die neue Zellbildung nicht gelingt, die organische Gesundung im Kleinsten, die Heilung im Geiste. Diese aber ist kein Massenphänomen, keine undurchsichtige Derwischpolitik, keine Rauschnarkose, sondern die heilige Nüchternheit. Wo zwei oder drei anständige Menschen zusammenkommen und miteinander reden oder schweigen im Zeichen der Wahrheit, da ist mehr für die Rettung Europas getan als durch die Proklamation tausendjähriger Reiche und ewiger Ordnungen.«

Er schließt erschöpft die Augen und sinkt in die Kissen zurück. Seine Stimme, leicht heiser, steht noch einen Nachhall lang im Raum und hüllt mich ein. Dann, wie sie verklungen ist, erwache ich und erschrecke. Das Krankenzimmer, weiß und kalt, ein Bücherbrett an der Wand, die grelle Lampe über den Kissen, das Bild des stummen Mönchs – und hier der glutvoll eifernde Jüngling, der die letzten Kräfte seines jungen Lebens in eine Botschaft an Europa verströmt. Ist es das Fieber, das aus ihm spricht, oder die Vernunft, die vor dem Hintergrund einer tollgewordenen Welt seltsam wie eine Krankheit anmutet? Ein Leib, der nur noch im Geiste lebt, zittert um den Bestand einer Wirklichkeit, die er schon verlassen hat? Ein Wort aus seinem Mund ist plötzlich wieder da: Die Dinge außerhalb meines Begriffs von ihnen ... Wie kalt, schauderhaft kalt. Dagegen diese Glut, diese Bemühung des Geistes um die Welt der

Dinge, um die Dinge dieser Welt! Tief widerspruchsvoll ist dein Verhalten, junger Mann, und wir wissen beim Heiligen der Toleranz, der hier oben verehrt wird, nicht recht, wohin wir deine Predigt einzureihen haben und wo bei dir der Spott aufhört und der Glaube anfängt. Wir spotten alle so leicht und wir möchten alle so gerne glauben . . .

»Sie gründen weltliche Orden, bauen epatante Häuser in schuldlose Landschaften hinein und dienen dem Gott, den ihre kümmerliche Phantasie sich geschaffen hat. Sie stiften einen Kreis, verwechseln blasse Verse mit der Not ihrer Zeit und suchen den gewähltesten Reim darauf. Es geht eine fashionable Sehnsucht nach dem Göttlichen durch die Welt, ein durch und durch gesellschaftsfähiges Ringen nach dem Höchsten, ein exklusiver Drang nach Bekenntnis und Erlösung. Etablieren Sie eine Religion, heute noch, und Sie buchen das einzig sichere Geschäft in dieser Krisenzeit!«

Seine Stimme ist schneidend, Bitterkeit und Uebermut machen sie hart und gehässig. Er stößt die Arme vor sich her, als spräche er zu einer Volksmenge, die es aufzurütteln gälte. Jetzt breitet er sie mit geöffneten Händen langsam zur Seite und flüstert weich:

»Aber wir hier oben, meine Brüder und Schwestern im Leid und in der Hoffnung, sind nicht wir eine viel inniger zusammengeschlossene Gemeinde? Ueber alle Kirchen und Sprachen hinweg verbindet uns ein Schicksal, wir haben die Welt verlassen und wir zahlen für den Eintritt in unsere geheime Brüderschaft mit dem Glück des Alltags. Kennt ihr die Zeichen des Bundes, damit ihr sie nie wieder vergeßt? Denn wenn ihr auch wieder hinabsteigt in die Länder und Städte der Tiefe und unter den Menschen wandelt, die nicht leben in der Welt der Stille, so werdet ihr euch doch verbunden bleiben in der Gnade des neuen Lebens, das euch zuteil geworden ist, als ihr euch selber wiederfandet abseits von der Heerstraße, die in die Verlorenheit führt.«

Ich bin aufgesprungen und habe Wolfs Arm ergriffen. Ich halte seine Hand, als ob ich seinen Puls messen wollte. Sie ist heiß und feucht. Sie preßt sich schwach um meine Finger. Sein Kopf liegt seitwärts auf dem Kissen, mit halb geschlossenen Lidern, der Atem geht in kurzen Stößen durch die weichen Lippen des leicht geöffneten Mundes. Ich streiche ihm die Locke aus der Stirn. Er schaut mich aus seinen braunen Augen flüchtig an, aber es funkelt schon wieder ein Lächeln im Blick, ein fast schelmisches Bubenlachen, das sich über den gelungenen Streich und Schabernack freut.

Mir graut. Ich fühle galligen Widerwillen im tiefsten Herren. Nicht gegen den armen Jungen, der fiebernd in seinen Linnen liegt und vielleicht nicht einmal weiß, wie spukhaft grausig er seine Rolle als Volksredner und Bußprediger spielt. Wie echt und wahr vielmehr!

Ich beuge mich über sein Gesicht und versuche in den Zügen zu lesen. Das junge Antlitz mit dem hohen Nasenrücken unter der noch weich gebogenen Stirn und mit dem spitzen Kinn unter den vollen Lippen: wie gut kann ich mir's denken unter knatterndem Segel witternd in den Wind gehoben, der vom Meer die Elbe herauf streicht und über Finkenwärder tanzt und mit der blonden Locke ein wenig tändelt und dann die braunschaumige Hafenflut gegen die schwarzen Docks und breitbauchigen Schleppschiffe hetzt. Wie gut kann ich dieses Gesicht in der salzigen Meerluft sehn, von Sonne ganz überströmt, die auf dem Sande flimmert, allein vor der Brandung oder im Wettkampf gespannt nach der Boje hinpeilend, die umschwommen werden soll, die er als erster umschwimmen wird. Ein Junge unter hundert Jungen, ihnen voran, ihr Führer im Spiel, dem sie willig gehorchen. Und dann betört auch ihn Hornklang und Befehlsruf, Fahne und Schwur, und später berauscht ihn das prickelnde Gefühl von Macht und Verantwortung und bestürmt sein unruhig klopfendes Herz mit allen Lockungen kühner Träume. Oh, ich seh' das Gesicht, so wie es gemeint war, so wie die Mutter es schaute, als sie über der Wiege sann.

Aber dann hat eine Hand über die Züge gestrichen, tastend zuerst wie die Hand eines Blinden, leise verwischend die Farbe der Wangen, die zitternde Haut zwischen Nasenflügel und Mundwinkel leicht eindrückend, einmal, und wie sie sich sträubte, härter ein zweites Mal. Mit den Fingerspitzen stieß die Hand an die Schläfen, morgens und abends und mehrmals in der Nacht, es schmerzte und die Augenbrauen zogen sich darob ein bißchen in die Höhe wie in bitterer Verwunderung, und über der Nase wuchs eine strichfeine Falte in die steile Stirn hinauf. Dann tupften die Finger mit bläulichem Ruß hauchweiche Schatten in die Augenwinkel und unters

Lid, und plötzlich schien die Nase hager und streng und das Auge blickte mißtrauisch und zweifelnd.

Das war seine Wandlung. Ich seh' sie genau; ich sehe das Gesicht, wie es müd in den Kissen liegt, und durchschimmernd dahinter das andere, wie es dem Meerwind standhält. Ich sehe, was war und was ist – und ich sehe, was sein wird. Vertrauend wird es sein und kühn, wie da es noch träumte, und wissend zugleich und voll Friede.

Nein, nicht davor graut mir und die Bitternis im Herzen trank ich nicht aus dem Becher dieser Erkenntnis. Wandlung ist unser Schicksal; was reif wird, wandelt sich.

Aber die strafenden, mahnenden Verkündigungen des fiebrigen Predigers in der Kissenwüste, seine tröstlichen Worte an die Gemeinde und sein Fluch über die taube Welt – ist nicht die groteske Komödie sein heiliger Ernst und mehr als das: ein scheues Bekenntnis seiner Liebe? Hatte nicht dieser Geist, gewandelt auch er wie die Züge des Gesichts, eine Wahrheit erkannt, die er mitteilen wollte? Und dann tat er dies, der jugendliche Mund, in der ungemäßen Wortmaskerade, die er sich aus seiner papiernen Umwelt geliehen hatte, und mit den überschwenglichen Gebärden, die ihm alle Schlichtheit des Gedankens am tiefsten zu verhüllen schien. Und warum tat er es, da ich doch sein einziger Hörer war und da er mich sogar dazu geladen hatte, sein Liebesgeständnis an die spröde Welt anzuhören?

Fragen. Vielleicht werde ich sie zeitlebens nicht beantworten können. Vielleicht soll mich die unbegreifliche Maske ewig daran verhindern, das einfache Wort zu vergessen, das die zuckenden Lippen hinter der grellen Schminke sprachen. Fragen ... Keine Antwort.

Aber dazu kommt ein anderes. Dazu kommt die gute, ein wenig dünne, prickelnde Luft, die um unsre Liegestühle steht und unsre Klausen füllt. Sie tut uns wohl, heilt uns, hält das Leben in uns wach. Und was noch? Verzerrt sie nicht auch sonderbar das Bild der Dinge, bricht das Maß und verschiebt die Vorder- und Hintergründe mit taschenspielerischer Schalkheit? Versteht sie es nicht, aus einer echten Leidenschaft eine theatralische Pose und aus der Wahrheit einen Schabernack zu machen?

Wie sagte der fiebernde Jüngling, dessen Gesicht ich gleich der Maske eines großen Schauspielers mit der erbarmungslosen Schärfe eines Opernglases betrachtete, wie sagte er soeben noch: Sich selber begegnen als einem fremden Menschen, mit sich sprechen, streiten, wer weiß, liebkosen und sich hassen lernen? Rührender Notbehelf der Einsamkeit! Aber grausige Vergröberung des harmlosen Zwiegesprächs, wenn die verräterische Luft die Schatten verzerrt, so daß ich wie ein lächerlicher Don Quixote samt meinem ebenso lächerlichen Sancho Pansa an der Wand stehe, spindeldürr und knödeldick – die blöde Fratze einer anständigen Schizophrenie!

Davor graut mir, dagegen steigt mir die Galle hoch: daß wir sogar hier oben, gerade hier, nicht sicher sind vor unserer eigenen affenhaften Lächerlichkeit, wir alle nicht – wenn es dieser nicht einmal ist, Wolf, der tapfere Dulder. Man sollte die Maske still von deinem Antlitz nehmen, man sollte dich schauen, so wie du hier liegst auf dem Kissen, ein müder Held, der vieles erfahren hat und der am glücklichsten ist, wenn er schweigen darf, wie sein kluger Bruder mit dem Finger auf den Lippen es ihn gelehrt hat.

Geräusch. Ist es spät geworden, habe ich mich zu lange versäumt? Draußen die Nacht.

Der Kranke schlägt die Augen auf, ganz ruhig, wie aus schwachem Schlaf. Oder hat er gar nicht geschlafen, während ich über ihn gebeugt war und seine Züge erforschte wie die Täler und Hügel einer Landschaft, die wir lieben und die wir unserm Herren einprägen, ehe wir Abschied nehmen. Er bewegt die Lippen und er flüstert: »Man kommt. Ich höre den Schritt. Anna Segher kommt – zu uns.«

Leise knackt die Tür, herein tritt Anna, schaut sich um, lächelt uns zu. Im Arm trägt sie einen Strauß roten Mohns, die großen Blüten mit den unwahrscheinlichen Blättern, die rot lackiert sind und ein zart gedrechseltes Kleinod locker umflattern. Sie stellt die Blumen in einen Kelch auf den Tisch nahe beim Fenster. Das Zimmer steht plötzlich in einem Flammenschein, die hellen Wände erröten. In bestürmender, haltloser Verschwendung offenbaren diese Blumen gleich alles auf einmal: die üppige Reife und das flammende Ende. Ihr Feuer vermehrt sich selber, ihr Frohlocken ist eine Totenklage.

Wir schauen Annas ruhigen Bewegungen zu, wie sie Wasser ein-
füllt und die Stengel ordnet, und wir haben Zeit, uns an ihre Nähe
im Raum zu gewöhnen, bevor sie spricht. Wolfs glänzende Augen
folgen dem Gebärdenspiel ihrer Hände, ich spüre seinen Blick neben mir, er ist ganz wach.

»Ich danke dir«, sagt er endlich, wie Anna zum Bett tritt und uns
beide mit ihren grauen, stillen Augen auszufragen beginnt. »Ich
liebe den Mohn, er ist die Blume, die den Schlaf bringt. Wie schön,
aus deinen Händen den Schlaf zu erhalten.«

Er greift nach ihrer Rechten, die er auf seine Stirn legt. Sie läßt ihn
gewähren. Sie steht an seinem Lager wie eine Schwester, die kühle
Linderung bringt, streng und gütig. Auch ein weißes Häubchen
würde ihrem matten Gesicht gut anstehn, denke ich, während ich
sie von der Seite her betrachte.

Aber da ich eine Bewegung mache, als ob ich mich entfernen
möchte, wendet sie rasch den Kopf zu mir und fragt: »Hat er dir
gesagt, was er auf dem Herzen hat? Du sollst es in unser aller Namen verkünden.«

»Was – verkünden!« murre ich. »Hier werden Worte von Gewicht
nur so hochgestemmt wie hohle Papphanteln! Ich verstehe diese
Tonart nicht. Ich habe sie verlernt.«

Anna lächelt mir aus belustigten Augen zu. Ihr Mund ist spöt-
tisch gebogen. Sie sagt: »Gut, reden wir, wie du's verstehst. Denn
verstehen mußt du es, wenn du es weitersagen sollst. Wolf hat dir
sein Testament anvertraut. Du bist jetzt eine Vertrauensperson.
Mach unserm Vertrauen Ehre, wenn du im Tiefland die frohe Botschaft aus unserer Höhe ausplapperst.«

Wolf fährt aus den Kissen hoch. »Anna«, ruft er heftig, »ich ver-
biete dir so zu reden. Wir sind doch keine Sekte. Wir sind ehrliche
Kranke.«

»Laß«, beschwichtigt sie. »Wer zweifelt an der Ehrlichkeit unserer
Krankheit! Wir sind arme Hunde, und wenn es gut geht, währet es
siebenzig Jahre. Das soll vorkommen.« Zu mir: »Du hast ja gute
Aussichten, hört man. Deine Untreue spricht sich bereits herum.
Hör mal: Vergiß nicht uns andre. Und sag denen drunten, daß auch
wir an ein Leben glauben. So wie der Gefangene an die Freiheit.

Also wie an etwas Schönes und Reelles. Die wahre Wirklichkeit. Nun, hat er dir denn dies alles nicht gesagt? Wölfchen, du wolltest doch –.«

Er wendet den Kopf unwillig weg. » Warum sprichst du so, Anna? Es ist ja gar nicht nötig, gar nicht wichtig, was ich wollte. Ich dachte bloß so.«

»Aber doch!« beharrt Anna. »Er soll uns nicht schlechter in Erinnerung behalten, als wir sind. Er soll nicht nur an mich denken, an das verworfene Geschöpf, das von einem Tag in den andern lebt und sich nicht sehr dabei anstrengt. Er soll an unsre leuchtenden Beispiele denken, an unsre Prominenten und Veteranen, zum Kuckuck, wozu haben wir sie denn! An die Verkäuferinnen in den Papiergeschäften und an die Blumenhändler, an die Kunsthistoriker und die Kunstgewerblerinnen, kurz an die Lebenslänglichen, die den Mut zum Leben haben. Ihn sollst du besingen, verstehst du. Wolf und ich erwarten was Rechtes von dir. Nicht wahr, Wölfchen?«

Jetzt lacht er. Seine Augen strahlen zu Anna empor. Eine heimliche Verschwörung. Ich komme mir wie ausgestoßen vor. Laut sag' ich es: »Wie ausgestoßen komm' ich mir schon vor. Das klingt ja alles nach Abschied und Entlassung.«

Anna schüttelt den Kopf: »O nein, entlassen wird hier keiner, bevor er die Waffen streckt. Aber du gehst jetzt in die Etappe, wir bleiben an der Front. Manche von uns werden dich beneiden, und manchmal wirst du Sehnsucht nach uns haben.«

Sie geht zum Fenster, blickt in die Nacht hinaus. Es ist spät geworden, Schlafenszeit. Wolf sucht meine Hand. Ich drücke sie. Ich sage: »Immer werd' ich nach euch Sehnsucht haben. Es ist, als wäre man hier daheim, wo doch gar keine Heimat ist.« Anna hebt den Kopf und spricht in die Dunkelheit hinaus, zu den Bergen, die samtschwarz vor dem Himmel stehn und über denen die Sterne hoch und verloren knistern: »Es ist, als wäre man hier, wo man täglich den Tod erleidet, näher am ewigen Leben.«

Stille. Was bliebe noch zu sagen? Ihr Nacken, hell und schmal. Die Mohnblüten. Ihre Hand am Fenster.

Fern, durch eine offene Balkontür, flattert ein Lied in die Nacht. Banjogezirp und eine sehnsüchtige Männerstimme. Eine neue Platte, ein Schlager, gewiß, doch er klingt wie ein Gebet unter dem stummen Himmel.

Über tredition

Eigenes Buch veröffentlichen

tredition wurde 2006 in Hamburg gegründet und hat seither mehrere tausend Buchtitel veröffentlicht. Autoren veröffentlichen in wenigen leichten Schritten gedruckte Bücher, e-Books und audio-Books. tredition hat das Ziel, die beste und fairste Veröffentlichungsmöglichkeit für Autoren zu bieten.

tredition wurde mit der Erkenntnis gegründet, dass nur etwa jedes 200. bei Verlagen eingereichte Manuskript veröffentlicht wird. Dabei hat jedes Buch seinen Markt, also seine Leser. tredition sorgt dafür, dass für jedes Buch die Leserschaft auch erreicht wird.

Im einzigartigen Literatur-Netzwerk von tredition bieten zahlreiche Literatur-Partner (das sind Lektoren, Übersetzer, Hörbuchsprecher und Illustratoren) ihre Dienstleistung an, um Manuskripte zu verbessern oder die Vielfalt zu erhöhen. Autoren vereinbaren direkt mit den Literatur-Partnern die Konditionen ihrer Zusammenarbeit und partizipieren gemeinsam am Erfolg des Buches.

Das gesamte Verlagsprogramm von tredition ist bei allen stationären Buchhandlungen und Online-Buchhändlern wie z. B. Amazon erhältlich. e-Books stehen bei den führenden Online-Portalen (z. B. iBookstore von Apple oder Kindle von Amazon) zum Verkauf.

Einfach leicht ein Buch veröffentlichen: **www.tredition.de**

Eigene Buchreihe oder eigenen Verlag gründen

Seit 2009 bietet tredition sein Verlagskonzept auch als sogenanntes "White-Label" an. Das bedeutet, dass andere Unternehmen, Institutionen und Personen risikofrei und unkompliziert selbst zum Herausgeber von Büchern und Buchreihen unter eigener Marke werden können. tredition übernimmt dabei das komplette Herstellungs- und Distributionsrisiko.

Zahlreiche Zeitschriften-, Zeitungs- und Buchverlage, Universitäten, Forschungseinrichtungen u.v.m. nutzen diese Dienstleistung von tredition, um unter eigener Marke ohne Risiko Bücher zu verlegen.

Alle Informationen im Internet: **www.tredition.de/fuer-verlage**

tredition wurde mit mehreren Innovationspreisen ausgezeichnet, u. a. mit dem Webfuture Award und dem Innovationspreis der Buch Digitale.

tredition ist Mitglied im Börsenverein des Deutschen Buchhandels.

Dieses Werk elektronisch lesen

Dieses Werk ist Teil der Gutenberg-DE Edition DVD. Diese enthält das komplette Archiv des Projekt Gutenberg-DE. Die DVD ist im Internet erhältlich auf **http://gutenbergshop.abc.de**